भारतीय भूतों की अजीब दास्ताँ

2

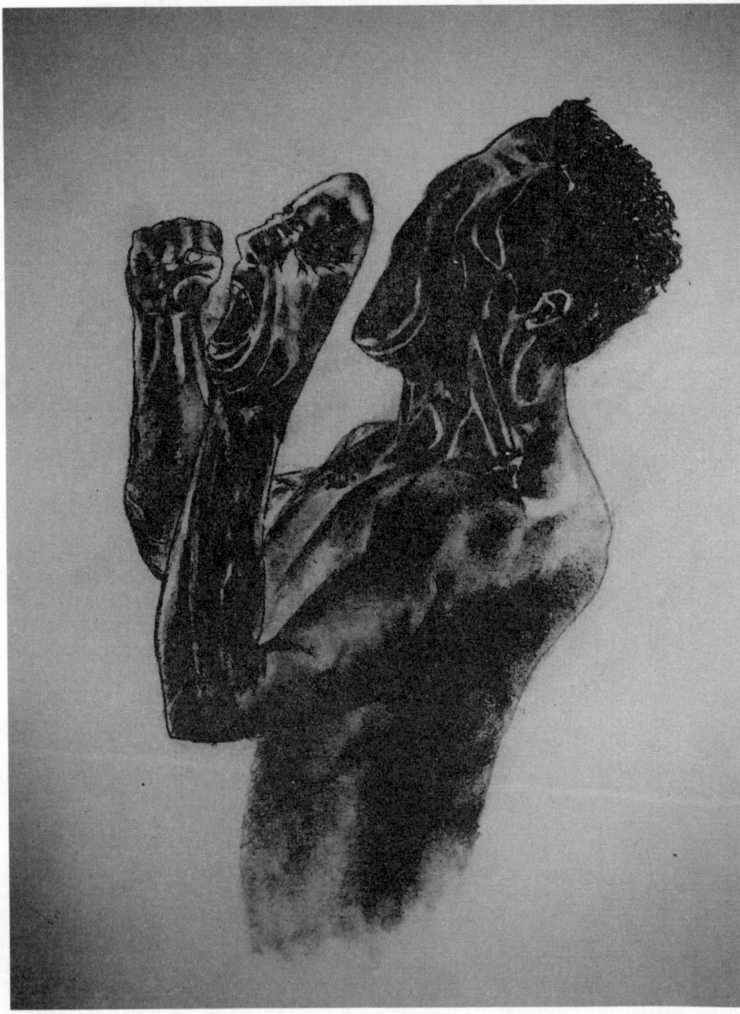

भारतीय भूतों की अजीब दास्ताँ

भाग–2

ऋकसुन्दर बनर्जी

अनुवाद
शायक आलोक

अनबाउंड स्क्रिप्ट

अनबाउंड स्क्रिप्ट

भारतीय भूतों की अजीब दास्ताँ - 2

ISBN: 978-93-92088-24-7

प्रथम संस्करण : 2023

प्रकाशक : अनबाउंड स्क्रिप्ट
बी-10, सेवेन वंडर्स बिजनेस सेंटर, प्लॉट नं. जी-20
बेसमेंट, प्रीत विहार, नई दिल्ली-110092

मुद्रक : यश प्रिंटोग्राफिक्स, नोएडा, उत्तर प्रदेश
मूल्य : ₹ 199/-

BHARTIYA BHOOTON KI AJEEB DASTAN-2
by Riksundar Banerjee
Translated by Shayak Alok
Illustrated by Raka Chowdhury

सम्पादकीय

प्रकृति ने ज्ञान की जैसी भूख मनुष्य को दी वैसी किसी और प्राणी को नहीं दी है। वह अणु से लेकर ब्रह्माण्ड तक सब कुछ जान लेना चाहता है। लेकिन ज्ञान की इस भूख एक दूसरा पहलू भी है। और वह यह है कि मनुष्य अपने ज्ञान की पहुँच से बाहर निरापद शून्य के प्रति लगातार ख़ौफ़ज़दा रहता है। जब भी वह किसी ऐसी घटना को अपने मौजूदा ज्ञान और अनुभवों से नहीं समझ पाता तो भय से अभिभूत हो जाता है। इस निरवधि निस्सीम जगत के बारे में हमारा ज्ञान अब भी लगभग नगण्य ही है, इसलिए निरापद विराट शून्य का भय मनुष्य के मनो-संसार को निरंतर कसे रहता है। और मनुष्य इसे भूल भी नहीं पाता बल्कि इस अज्ञात शून्य के प्रति उसमें हमेशा एक हॉरर आकर्षण रहा है। निरंतर वह इस अज्ञात शून्य का अपने ज्ञान में अवधारणीकरण करने की कोशिश करता है। मनुष्य की इस अदम्य जिज्ञासा की अनगिनत दिशाएँ हैं। एक तो विज्ञान है, जहाँ वह कार्य-कारण सम्बन्धों की व्याख्या से वस्तुनिष्ठ सत्यों तक पहुँचने की कोशिश करता है। यह उसका ज्ञात से अज्ञात में छलांग

लगाने और सृष्टि के शून्य को मनुष्य के ज्ञान-वृत्त का हिस्सा बनाने का एक तरीक़ा है। दूसरी बहुत सी जिज्ञासाएँ इस तरह की हैं, जिनका कोई वस्तुनिष्ठ जवाब न पहले था और न आज का विज्ञान दे सकता है। जैसे, मृत्यु के उस पार क्या है?

जीवन के प्रति हमारी लिप्सा और मृत्यु के उस पार हमारी प्रतीक्षा करते अज्ञात अनंत के बीच के अवकाश से बहुत से मानवेतर प्राणियों की कल्पना पैदा होती है। ऐसे प्रश्नों का जवाब, मनुष्य अपनी उन्मुक्त कल्पना से बनाता है। स्वर्ग-नरक, भूत-प्रेत, चुडैलें इसी कल्पना का परिणाम हैं। यह अनुत्तरित प्रश्नों, अँधेरों, शून्य, अज्ञात अनंत के अवधारणीकरण का तरीक़ा है। आज भी मनुष्य यह करता है। आख़िर 'एलियन' की कल्पना और क्या है? वह भी अज्ञात अनंत के अवधारणीकरण का एक ख़ास मानवीय तरीक़ा है। तमाम फिल्म, कॉमिक्स और कार्टून्स ने इसे एक सच्चाई सी बना दी है। इसमें संशय हो सकता है कि वे हैं या नहीं हैं, लेकिन यह निस्संदेह है कि वे हमारी ही कल्पना का परिणाम होकर अब हमारे स्वप्न और विचार को प्रभावित कर रहे हैं। यह मनुष्य के मानस जगत का ही सूक्ष्म विस्तार है। इसमें, मनुष्य के अनुभवों, स्मृतियों, भावनाओं, कल्पनाओं, भयों, जिज्ञासाओं, सामाजिक पक्ष और आग्रहों दुराग्रहों का बहुत बड़ा मानसिक रसायन लगा है। अतः इसके अध्ययन से मनुष्य के बारे में बहुत कुछ जाना जा सकता है। और यह मनुष्य के जीवन को वैसे ही प्रभावित करता है जैसे कि विज्ञान। कई बार विज्ञान द्वारा इसका वस्तुनिष्ठ जवाब ख़ोज लिए जाने और व्यावहारिक प्रयोगों में सही उतरने के बावजूद मनुष्य अपने विश्वास को नहीं छोड़ पाता।

भूत-प्रेत कहीं आश्वस्तिकारी तो कहीं भयकारी हैं। कहीं किसी सुनसान में फँसे व्यक्ति को गाँव के सिवान तक छोड़ जाते हैं, कहीं पीपल

के नीचे से गुज़रते हुए डालियाँ हिलाते हैं, कभी ज़ोर-ज़ोर से हँसकर लोगों से ठिठोली करते हैं, कुछ नंगे सर लोगों को टिप्पी मारते हैं, तो कुछ पेड़ के नीचे से गुज़रते राहगीर से तम्बाकू, बीड़ी, माँस, कलिया माँगकर लोगों को चौंका देते हैं। परन्तु बहुत से भूत-प्रेतों को देख भर लेना प्राणों से हाथ धोना है। लगभग जितने तरह के मनुष्य के मनोभाव उतने तरह के अतिमानवीय प्राणियों की कल्पना की गई है। जितने उसके पापबोध ने पैदा किए उतने पश्चाताप ने भी। नैतिकता अनैतिकता और यौनिक आवेग ने भी वैसे ही पैदा किया। स्त्री-पुरुष सम्बन्ध सर्वाधिक रहस्यपूर्ण सम्बन्ध है। पुरुष स्त्री को जैसे चाहता है, वैसे ही उसकी यौनिकता से ख़ौफ़ खाता रहता है। नागिन के रूप में स्त्री की कल्पना उसी हॉरर से पैदा हुई है। हाल फ़िलहाल में कैट वुमेन सिरीज़ की हॉलीवुड की फ़िल्में उसी ख़ौफ़ से पैदा हुई हैं। कई बार इससे ठीक उलट पश्चाताप, पाप और अपराधबोध से स्त्री भूतों की कल्पना जन्म लेती है। कई बार मनुष्य के अवचेतन की इस अतिमानवीय फ़ंतासी में समाज में चलने वाले दमन और प्रतिरोध का विस्तार दिखाई पड़ता है। समाज का जो हिस्सा भौतिक जीवन में निरंतर दमित और उपेक्षित है वह यह सोचता है कि उनके बीच की कोई आत्मा भूत बनकर लौटेगा और दुश्मनों से उनका प्रतिशोध लेगा। इसलिए भारतीय समाज में कथित निम्न जातियों और वर्गों के भूत मिलेंगे तो समाज के भद्रवर्ग से प्रतिशोध लेते दिखाई पड़ेंगे। इसी तरह समाज में सार्वत्रिक रूप से प्रताड़ित स्त्रियाँ अपनी भूत कल्पना में पुरुषों के लिए भय का कारण बनती हुई दिखाई पड़ती हैं। और उनकी संख्या भी अपेक्षाकृत ज्यादा है।

इस किताब को दो भागों में संयोजित किया गया है। पहले भाग में सामान्यत: भयावने नर भूतों को रखा गया है। दूसरे भाग में मादा भूतों

को। कुछ बाल भूत भी हैं। हर क्षेत्र के अपने अलग-अलग भूत प्रेत हैं, उनके नाम और विशेषताएँ अलग हैं, इसलिए यह संभव नहीं था कि उन सब का वर्णन यहाँ हो सके। लेकिन भारत के हर क्षेत्र से और हर तरह के भूतों का यह एक प्रतिनिधिक संकलन ज़रूर है। अगर आप इस दूसरे भाग को पढ़ रहे हैं तो हम अपेक्षा करते हैं कि पहला भाग आपने पढ़ लिया होगा या फिर इसके बाद उसे ज़रूर पढ़ेंगे।

क्रम

आचेरी

'वह चली गई! वह कभी लौटकर घर नहीं आई...!'

मिस्टर पॉल के बंगले के बरामदे में खड़ा तमांग ज़ोर-ज़ोर से सुबक रहा था। वह अभी-अभी अपने गाँव होकर लौटा था। जब वह लौटा तो उसे खेतों में अपनी बेटी नहीं मिली। उसकी पत्नी भी चाय बागान से वापस नहीं लौटी थी, जहाँ वह दिन में काम करती थी।

मिस्टर पॉल सिक्किम में एक चाय बागान के प्रबंधक थे। आरंभ में वह कोलकाता में अपने घर से दूर यहाँ नौकरी करने को लेकर संशय में थे, लेकिन फिर वे उत्तरी सिक्किम के नीले पहाड़ों, यहाँ की शान्त जीवन शैली और चाय बागान की प्रचुर सुविधाओं से आकर्षित हुए। रसोई और घर के अन्य कार्यों को सँभालने के लिए कई नौकर-चाकर लगे थे। यहाँ उनकी देखभाल की व्यवस्था इतनी अच्छी थी कि उन्हें अपने परिवार को कोलकाता से यहाँ लाने की ज़रूरत ही महसूस नहीं हुई।

बंगले का चौकीदार तमांग चाय बागान में ही अपनी पत्नी और बेटी के साथ रहता था। उसकी बेटी शाम को प्राय: बंगले के आँगन में खेला

करती थी। मिस्टर पॉल कभी-कभी उसे जंगली फूलों के साथ खेलते हुए देखते, जिन्हें वह स्कूल से घर लौटते हुए रास्ते से चुनकर ले आती थी। फूलों के साथ खेलते हुए प्राय: वह अपनी मातृभाषा में एक उदास गीत गाया करती। मिस्टर पॉल को इस गीत के पहले दो शब्द ही याद थे—'फेरी भेटौला'।

इन इलाक़ों में लोगों का लापता हो जाना कोई असामान्य घटना नहीं थी। लेकिन प्राय: सुनसान जंगल में भटका देने वाले उन्हीं मोड़ों से गुज़रते वे फिर वापस भी लौट आते थे। ख़तरनाक इलाक़े और जंगली जानवरों के बावजूद वे वापस लौटने का रास्ता ढूँढ़ ही लेते। तमांग की पत्नी को आख़िरी बार तब देखा गया था जब वह अपना काम ज़ल्दी निपटाकर निकल रही थी, लेकिन उस दिन वह अपनी बेटी को लेने स्कूल नहीं पहुँची। लोगों ने कई दिनों तक उसे बागान से घर वापसी के रास्ते में हर जगह ढूँढ़ा, लेकिन वह कहीं नहीं मिली। मिस्टर पॉल ने इस दु:ख में बुरी तरह टूट चुके तमांग को सांत्वना देने का प्रयास किया। वह कभी बग़ीचे में सुबकता रहता तो कभी बंगले के पीछे के आँगन से बागान को ख़ाली आँखों से ताकता रहता।

एक दिन मिस्टर पॉल की नींद दूर से आती संगीत की धुन से खुली। मधुर स्वर में गाए जा रहे लोकगीत की आवाज़ पीछे के आँगन में गूँज रही थी। वे भागते हुए अपनी खिड़की पर पहुँचे और देखा कि तमांग अपनी गोद में जंगली फूलों का एक गुच्छा लिए बग़ीचे में बैठा हुआ है। ऐसा लग रहा था मानो उसके पीछे फैली चाँदनी में नहाए पहाड़ खामोशी से उसके दु:ख के सहभागी हैं और संभवत: वही संगीत वापस प्रतिध्वनित होकर उस पर गूँज रहा है।

भले ही इस दृश्य को देखकर मिस्टर पॉल दु:ख महसूस कर रहे थे, लेकिन वह कसम खाकर कह सकते थे कि उन्होंने इस संगीत में

एक लड़की की आवाज़ भी सुनी थी। धीरे-धीरे यह रोज़ का सिलसिला बन गया। कभी-कभी उन्हें 'फेरी भेटौला' शब्द भी स्पष्ट रूप से सुनाई पड़ता, लेकिन वे कभी भी सुनाई पड़ते उस गीत के स्त्रोत का पता नहीं लगा पाये। इसी उलझन में उन्हें महसूस हुआ कि जैसे वे अपना दिमाग़ खोते जा रहे हैं। एक बार मिस्टर पॉल ने उस आवाज़ का पीछा भी किया जो पहाड़ की तलहटी से आती हुई प्रतीत होती थी और वे उसके किनारे तक पहुँचकर तब रुके जब अचानक उन्हें होश आया कि वे कहाँ जा रहे हैं।

इस परिस्थिति से हारकर उन्होंने इस वीरान जगह को छोड़ने और ज़ल्द से ज़ल्द अपनी नौकरी से इस्तीफ़ा देने का निर्णय लिया। जिस दिन वह जा रहे थे, उन्होंने तमांग को अलविदा कहने का फ़ैसला किया।

'ठीक है फिर, अलविदा'—उन्होंने कुछ असहजता से कहा।

तमांग ने मुस्कुराने की कोशिश की—'फेरी भेटौला, सर।'

मिस्टर पॉल कुछ चौंक गए... 'इसका अर्थ क्या होता है?'

'इसका अर्थ है, "फिर मिलेंगे!" यह नेपाली में अलविदा कहने का एक आम तरीक़ा है, सर।'

मिस्टर पॉल इसके बाद कुछ भी कहने की स्थिति में नहीं थे। उन्होंने अपना बैग पैक किया और घर जाने के लिए अगली ट्रेन पकड़ ली।

इस बार लौटकर कोलकाता की उमस भरी भीड़ में उन्हें अधिक अपनापन महसूस हुआ। उनकी बेटी उनके वापस लौटने से बहुत ख़ुश थी। उन्होंने सोचा कि परिवार को यहाँ कोलकाता में छोड़कर वहाँ जाने का फ़ैसला ही मूर्खतापूर्ण था। उनकी पत्नी इतनी ख़ुश थी कि उसने एक पार्टी रखी जिसमें उनके बचपन के सभी दोस्तों को आमंत्रित किया। यह एक सुकून और मस्ती भरी शाम थी, जिसने थोड़े समय के लिए

उनके ज़ेहन में भरे सदमे को भुला देने में मदद की। रूफटॉप गार्डन में आयोजित इस पार्टी में लोगों को हँसते-गाते सुनकर उन्हें बहुत अच्छा महसूस हुआ। उनके एक दोस्त का बेटा गिटार बजाना जानता था और उसने सभी के लिए गिटार पर कुछ गीत बजाए। आख़िरी गाने से पहले लड़के ने मिस्टर पॉल की बेटी से कहा, 'यह गीत तुम्हारे लिए है, आचेरी! मुझे बहुत ख़ुशी है कि चाचाजी ने तुम्हें एक नेपाली नाम दिया। वे अच्छे लोग होते हैं।'

इस बात से मिस्टर पॉल एक़दम से असहज हो गए। उन्होंने अपनी बेटी को 'आचेरी' कहकर कब पुकारा था? वे असहजता से मुस्कुराए और सीने में तेज़ गति से धड़कते दिल को सँभालते हुए गाने के ख़त्म होने का इन्तज़ार करने लगे। उन्होंने कुछ राहत महसूस की जब लड़के ने 'रेशम फ़िरीरी' नाम का एक गीत बजाना शुरू किया और सभी लोग उसे समवेत रूप से गाने लगे।

उस रात सबके चले जाने के बाद उन्होंने अपनी बेटी को ढूँढ़ा तो वह कहीं नज़र नहीं आई। उसे ढूँढ़ते जैसे ही उन्होंने छत पर क़दम रखा, उन्हें लगा गया कि कुछ तो गड़बड़ है। उनकी बेटी फ़र्श पर गिरी कराह रही थी और बुदबुदा रही थी कि उसके सिर में बुरी तरह चोट लगी है। घबराकर उन्होंने पत्नी को आवाज़ लगाई जो नीचे थीं। वे उसे तुरंत अस्पताल ले गए, जहाँ उसे आई.सी.यू. में ले जाया गया और सेडेटिव दिया गया।

यह सब कुछ इतनी ज़ल्दी में हुआ कि उस रात घर लौटने पर मिस्टर पॉल बेहद थकान महसूस कर रहे थे। उनकी पत्नी भी हतप्रभ थीं और चुपचाप बिस्तर पर बैठ गईं। मिस्टर पॉल को एहसास हुआ कि सिक्किम से लौटने के बाद ऐसा पहली बार हुआ है कि वे दोनों अकेले और साथ

हैं। स्वयं पर काबू न रख पाते हुए उन्होंने पत्नी को अपनी तरफ़ खींच लिया और उसे प्यार से सहलाने लगे। लेकिन उनकी पत्नी अस्पताल में अपनी बेटी के एडमिट होने की स्थिति में यौन सम्बन्ध बनाने को लेकर बुरा महसूस कर रही थीं और उनके इस प्रयास का विरोध करती रहीं। बड़ी मुश्किल से वह उन्हें दूर धकेलने में कामयाब हुईं।

'क्या आपने उसकी माँ के साथ भी यही किया था?'

मिस्टर पॉल झटके से उठ बैठे। उनकी बेटी बिस्तर के पास खड़ी थी।

'उसने मुझे दिखाया कि आपने क्या किया था। अब मैं भी यह सब देख रही हूँ! क्या आप उसकी माँ और उसके बाबा के साथ यही कर रहे थे? क्या इसलिए वह चिल्ला रही थी?'

मिस्टर पॉल बुरी तरह काँप गए। जब उन्होंने अपनी बेटी को बालकनी की ओर जाते हुए देखा तो उनके पैर वहीं जम गए।

वह रेलिंग के ऊपर चढ़ गई।

'उसकी माँ बीमार थी और काम से ज़ल्दी घर आ गई थी। आपको इसका अंदाज़ा नहीं था, है न?

फिर आपने उन दोनों को चट्टान से नीचे फेंक दिया! मैंने यह सब देखा है, यहाँ तक कि जिस तरह से वे दोनों नीचे गिर रही थीं। क्या आप देखना चाहते हैं?'—ऐसा कहकर उनकी बेटी रेलिंग के दूसरी तरफ़ झुक गई।

'नहींईईईईईई!!!'

मिस्टर पॉल जैसे अपने पैरों को महसूस ही नहीं कर पा रहे थे, जब वे लड़खड़ाते से अपनी बेटी की ओर दौड़े। उन्हें याद नहीं आया कि वे ख़ुद फिसल गए थे या लड़की ने उन्हें धक्का दिया था, पिछले अँधेरे के

ठीक सामने वे अपनी बेटी का चेहरा देख रहे थे या उस बच्ची के उन प्यारे गुलाबी गालों को जिनसे वह अपना हाथ नहीं हटा सके थे, उन्होंने पहाड़ की तलहटी से अपनी ही चिल्लाहट की प्रतिध्वनि सुनी थी या तमांग की पत्नी और बेटी की चीख़ें!

आचेरी की विशेषताएँ

- यह बच्चे का भूत होता है।
- यह दूसरे बच्चों का शिकार करता है और उन्हें बीमार करता है।
- जब पहाड़ों में किसी विपत्ति या दुर्घटना में बच्चों की मृत्यु हो जाती है तो उनकी आत्मा आचेरी में बदल जाती है।
- यह भूत बदला लेने के लिए लोगों को मारता है।
- सिक्किम के पहाड़ों में इसके क़िस्से पाए जाते हैं।

आटेश्वर

हीरू और बीरू भाई थे जो दक्षिण बंगाल के एक गाँव में रहते थे। उनका पसन्दीदा त्योहार था—आटेश्वर भूत का त्योहार। इस त्योहार के दिन न केवल उन्हें स्कूल जाने से मुक्ति मिल जाती थी, बल्कि ढेर सारा 'पीठा' भी खाने को मिलता। उन्हें दिक़्क़त बस एक ही बात से होती थी कि अनुष्ठान समाप्त हो जाने के बाद उन्हें गाँव के तालाब में पीठे फेंकने पड़ते थे। पीठों को फेंके जाने से पहले दोनों भाई अपने लिए पर्याप्त संख्या में पीठे जमा कर लेना कभी नहीं भूलते थे। वे उस नियम की परवाह नहीं करते थे जिसके तहत अनुष्ठान की समाप्ति के बाद इन मिठाइयों को खाया जाना मना था। वे समझ नहीं पाते थे कि ऐसे स्वादिष्ट व्यंजन को जब पानी में ही फेंकना होता है तो सब लोग इतनी मेहनत क्यों करते हैं।

हमेशा की तरह वे दोपहर के समय चुपचाप रसोई में घुसे, मुट्ठी भर पीठे उठाए और बड़ों की नज़रों से बचते हुए तालाब की ओर भागे। दोनों में से बड़े भाई हीरू को लगता था कि उनकी माँ इस बारे में जानती

है, लेकिन चुप रहती है, ताकि उसके बेटे अपने चचेरे-ममेरे भाइयों से अधिक मिठाई खा सकें। वे तालाब के पास इसलिए चले जाते थे क्योंकि वे जानते थे कि लोगों के स्नान-ध्यान के पूरा होने के साथ दोपहर के बाद वहाँ कोई नहीं होगा और वे आराम से वहाँ एकांत में बैठ मिठाइयों के मज़े उड़ा सकेंगे।

हीरू ने अपना हिस्सा तुरंत ही खा लिया जबकि बीरू धीरे-धीरे खा रहा था। भाइयों के बीच खाने की चीज़ साझा करने का यह हमेशा सबसे कठिन समय होता था, क्योंकि बीरू के धीमी गति से खाने के कारण हमेशा उसके पास कुछ मिठाई बची होती थी, जिसे हड़पने के लिए हीरू अपने भाई से झगड़ने लगता। फिर उनकी माँ हस्तक्षेप करती और हीरू को डाँट लगाती। बीरू जानता था कि आज माँ उसकी सहायता के लिए नहीं आएगी, इसलिए वह सावधान था और उसने अपनी मिठाई हीरू की चौकस निगाहों से छिपा रखा। दूसरी ओर, हीरू ने पहले ही बीरू की मिठाई हड़प सकने की योजना बना रखी थी। उसने अपने भाई से कहा कि आओ हम तालाब में डुबकी लगा कुछ ठंडे हो लें। चूँकि हीरू एक अच्छा तैराक था, उसने पानी में डुबकी लगाई और पानी की सतह से अपना सिर ऊपर उठाकर चिल्लाने लगा : 'अरे भाई, देख मेरा शरीर ग़ायब हो गया !'

'तुम्हारा क्या मतलब है, हीरू?'

'यह ज़रूर आटेश्वर का काम है। तुम जानते ही हो कि उसके पास केवल धड़ होता है सर नहीं, है न? उसने ज़रूर मेरा धड़ चुरा लिया है। भाई, क्या तुम मेरा धड़ वापस दिलाने में मदद करोगे?'

'अब मुझे क्या करना चाहिए?'—बीरू बस रो पड़ने वाला था।

'मुझे कुछ पीठे खिलाओ। तुम जानते ही हो कि आटेश्वर को पीठे

पसन्द हैं, फिर वह मुझे मेरा शरीर वापस दे सकता है!'

बेचारा बीरू इतना डर गया कि वह तेज़ आवाज़ में रोते हुए वहाँ से भागा। अपनी योजना के विफल होने से क्रोधित और निराश हुआ हीरू पानी से बाहर निकल आया और वहीं घास पर बैठ गया। बीरू ज़रूर चोरी हुए पीठों के बारे में सबको बता देगा और शाम के खाने में भी उसके हिस्से की कटौती हो सकती है। अब उसे फिर से अपनी पसन्दीदा मिठाई खाने के लिए पूरे एक साल इन्तज़ार करना होगा। इस विचार से निराश हीरू रुआँसा हो गया।

अचानक किसी ने उसके कंधे पर थपकी दी। उसने नज़र उठाकर देखा तो उसके सामने एक सिरविहीन शरीर खड़ा था, जिसके कपड़ों से अभी भी पानी टपक रहा था। उसके एक हाथ में कई तरह के स्वादिष्ट पीठे थे, जिनमें से कई हीरू ने पहले कभी नहीं खाया था।

आटेश्वर की विशेषताएँ

- सिरविहीन शरीर वाला एक जल-भूत।
- पानी के भीतर रहता है।
- घातक नहीं माना जाता है। छोटे-मोटे व्यवधान उत्पन्न कर सकता है।
- दक्षिण बंगाल में उनके क़िस्से प्रचलित हैं।

बारुल

प्रिय प्रोलोय दा,

एक बार फिर वसंत आ गया है। मुझे नहीं पता कि इससे आपको अब कोई फ़र्क़ पड़ता है या नहीं। अब तक मुझे भी इससे कोई फ़र्क़ नहीं पड़ा था। लेकिन आज फ़र्क़ पड़ा है। आप हमेशा कहते थे, 'अगर सर्दी आ गई है, तो वसंत के आने में फिर क्या देर?' अपने पसन्दीदा कवि को सूचित कर दीजिए कि वे ग़लत थे। इस बार सर्दी चार साल लंबी रही। आजकल दोपहर के समय मैं वसंती हवा में खिड़कियों को चीख़ते हुए सुन सकती हूँ। हालाँकि, दोपहर के भोजन के बाद की दवा लेने के बाद भी यह चीख़ जगाए रखती है—मुझे इससे कोई आपत्ति नहीं है। जाने से पहले मैं इस घर के हर हिस्से को जी लेना चाहती हूँ।

पिछले कुछ वर्षों में मैंने किसी भी सांस्कृतिक कार्यक्रम में भागीदारी नहीं की है—चाहे वह रवींद्र जयंती हो या दुर्गा पूजा का वार्षिक उत्सव। क्या यह बात आपको आश्चर्यचकित करती है या आनन्द देती है? मुझे पता है कि आपको इस बात से चिढ़ हुई जब आपके मित्रों ने टिप्पणी

की कि मैं मंच पर नृत्य करते हुए बेहद ख़ूबसूरत लग रही थी। मैं हमेशा अटारी में दोपहर बिताने के लिए उत्सुक रहती थी जहाँ आप शरारत से मेरे बाल खींच लेंगे और मुझसे अजीब से सवाल पूछेंगे, जैसे कि मैं इतनी सुन्दर कैसे दिख सकती हूँ। मुझे उन चुम्बनों की याद आती है जिनसे हमारे उन तुनकमिजाज़ झगड़ों के अन्त होते थे।

लेकिन कुछ समय बाद आपने मुझसे लड़ना बन्द कर दिया। आपको अपने अस्पताल के बिस्तर से एक बेवक़ूफ़ की तरह मुस्कुराते हुए देखना कितना अजीब था। आपको याद है कि आप उस डॉक्टर से कैसे नाराज़ हो गए थे जिसने मुझे दिन भर आपके बिस्तर के पास बैठ रहने और आपके बेहोश होने पर भी आपका हाथ पकड़े रहने के लिए चिढ़ाया था?

किसी की भी मुझमें दिलचस्पी से आपको चिढ़ होती थी। मैं आपके अत्यधिक अधिकार जताने से नाराज़ होती थी; लेकिन मन की गहराई से

आप जानते थे कि मुझे प्रेम पत्र लिखने वाले पड़ोस के लड़कों से निपटने के आपके रचनात्मक तरीक़े मुझे पसन्द आए थे। आपने मेरे होने का ढोंग करते हुए उन सभी को उत्तर लिख दिया था। उनमें से एक अभी भी सोचता है कि मैं काला जादू करती हूँ और जब भी मैं हमारी छत पर जाती हूँ तो वह अपनी छत से भाग जाता है। मैं उस पर हँसना चाहती हूँ, लेकिन मैं अन्दर ही अन्दर टूट जाती हूँ। अब आपको कैसा लग रहा है कि मैं किसी और की होने जा रही हूँ?

मेरे पास इस शादी के लिए राज़ी होने के अलावा कोई चारा नहीं था। मैं कल्पना कर सकती हूँ कि एक आवेग के साथ आपकी आँखें इसे स्वीकार नहीं कर रही हैं, लेकिन मेरे माता-पिता हक़दार थे कि उन्हें एक विक्षिप्त से जूझते रहने के तनाव से मुक्ति मिले। बेशक, मैं फिर से पढ़ाई शुरू कर सकती थी और अपने दम पर जी सकती थी, लेकिन इससे वे दुखी होते। मेरे मनोचिकित्सक का कहना था कि मेरे लिए एकमात्र उपचार यही है कि मैं अपनी यादों से दूर रहूँ। मेरे पिता को एक एनआरआई से मेरी शादी कराना सबसे अच्छा विकल्प लगा। मुझे आज भी वह दिन याद है जब उन्होंने मेरा हाथ पकड़ा था और मुझसे एक सामान्य जीवन जीने की भीख माँगी थी। मुझे आज भी वह तूफ़ानी दोपहर याद है जब मेरी खिड़की टूट गई थी और मेरी भावनात्मक स्थिति बदतर हो गई थी। मैंने आपको इसके बारे में बताया था न?

मैंने हर जगह आपकी तलाश की। प्राथमिक स्कूल के पिछवाड़े से लेकर आम के पेड़ तक, जहाँ पहली बार हमने एक-दूसरे को चूमा था। मुझे पता है कि मेरे पिता ने मेरे व्यर्थ के प्रयासों में मुझे बेक़ाबू होने दिया। वे बेहद उत्तेजित हो गए थे जब मैंने अपने होने वाले पति को अपने तंग अतीत के बारे में सब कुछ बता देने के अपने इरादे का खुलासा किया

था। मैं किसी की ज़िंदगी में बोझ नहीं बनना चाहती थी। जब मैं पहली बार मिस्टर रॉय से पुराने बाग़ में मिली और उन्हें आपके बारे में, हमारे बारे में बताया, तो वे पास के पेड़ पर गौरैया युगल को घोंसला बनाते देखते रहे। जब मैं चुप हुई और चार वर्षों में पहली बार ज़ोर से आपका नाम लेने के प्रभाव से उबरने की कोशिश कर रही थी तो उन्होंने हँसते हुए कहा कि पक्षी दुनिया के सबसे प्रेरक जोड़ों में से एक इसलिए बनते हैं क्योंकि दोनों में से प्रत्येक दिन भर आकाश में स्वतंत्र रूप से घूमते रहते हैं, जहाँ चाहे वहाँ जाते हैं, लेकिन जानते हैं कि दिन के अन्त में उसी घोंसले में वे लौटेंगे। उन्होंने कहा कि वे एक घोंसला चाहते हैं, भले ही इसका अर्थ वे पत्तियाँ होना हो जो उस शाम तेज़ हवा में मेरे पैरों के गिर्द घूम रही थीं। वापस लौटते समय पता नहीं मैं ख़ुश थी या उदास, जब मुझे एकबारगी यह एहसास हुआ कि उनके साथ मुझे आपकी यादों को भुलाने की आवश्यकता नहीं होगी। मुझे नहीं पता था कि मेरे जीवन के महत्त्वपूर्ण दिनों को हमेशा तूफ़ान क्यों आते हैं।

लेकिन मैं अब समझती हूँ। हर कोई कहता है कि जैसे ही मैं शादी की रस्में पूरी करूँगी, मैं अपने अतीत से छुटकारा पा लूँगी। लेकिन मैंने कल शाम तूफ़ान के बारे में उनकी चेतावनी नहीं सुनी और छत पर चली गई। वे मेरे चारों ओर घूमने वाले हवा के झोंकों को कभी नहीं देख पाएँगे, जिसने ठीक सात बार मेरे चक्कर लगाए। मुझे पता है कि यह आप थे प्रोलोय दा। हवा में आपके पिघल जाने से पहले मैंने आपको छुआ था।

जैसे ही बाँसुरी ध्वनि ने मार्च के महीने में मेरी शादी की घोषणा की, मुझे एहसास हुआ कि मैं आपको कभी जाने नहीं दे सकती।

हमारे पुनर्मिलन तक,

मोहोर

मोहोर छत पर आ गई थी। किसी भी क्षण कोई उसे दुल्हन की पोशाक में तैयार होने के लिए आवाज़ लगाएगा। एक बार और पत्र पढ़ लेने के बाद उसने उसके टुकड़े-टुकड़े कर दिए और छत के किनारे से काग़ज़ के वे टुकड़े बिखेर दिए। अपनी साड़ी के सिरों को उठाकर वह धीरे से कंगनी पर चढ़ गई। उसने महसूस किया कि पत्र के टुकड़ों को उसके चारों ओर घुमाते हुए हवा ने उसे फिर से सहला दिया है। हवा ने उसे कंगनी से नीचे उतरने के लिए मजबूर कर दिया। आँसू-भरी आँखों से उसने प्रोलोय दा को लिखे अपने पत्र के हर टुकड़े को क्षितिज में ग़ायब होते देखा।

बारुल की विशेषताएँ

- हवा का एक बवंडर सा बनाता है और चारों ओर घूमता है।
- आमतौर पर शाम में आने वाले तूफान। सामान्यतः कालबैसाखी के दौरान प्रकट होता है।
- कहीं से भी प्रकट हो जाता है और हवा का एक बवंडर बनाता है।
- पूर्णतः हानिरहित।
- मुक्त आत्मा।
- पश्चिम बंगाल में इसके क़िस्से सुनने को मिलते हैं।

चेडिप

तेलुगु भाषा में चेडिप का शाब्दिक अर्थ वेश्या होता है। चेडिप पिशाच या वैम्पायर है, जिसे कभी-कभी जादूगरनी या चुड़ैल के रूप में भी चित्रित किया जाता है। उसे कभी-कभी चाँदनी रात में बाघ पर सवार नग्न स्त्री और कभी-कभी मानव पैर वाली बाघिन के रूप में भटकती हुई बहुरूपिणी की तरह भी देखा जाता है। चेडिप को हिन्दू मन्दिरों में रहने वाली देवदासियों की आत्मा भी माना जाता है।

चेडिप भी अन्य कई पिशाचों की तरह अपने शिकार को सम्मोहित करने में माहिर होती है। वे किसी घर को निशाना बनाती हैं और अपनी सम्मोहन शक्ति का उपयोग कर घर के सभी लोगों को बेसुध कर देती हैं. ताकि पीड़ित के घर में प्रवेश करने के बाद उनके कृत्यों की आवाज़ से कोई भी जाग न सके। ऐसा माना जाता है कि चेडिप का अपने शिकार पर हमला करने का एक तरीक़ा यह भी है कि वह घर के सबसे मज़बूत आदमी के पैर की उँगलियों को दाँतो से काटकर उसके शरीर से सारा ख़ून चूस लेती हैं। कुछ चेडिप स्वप्न-संभोगी होती हैं। माना जाता है कि

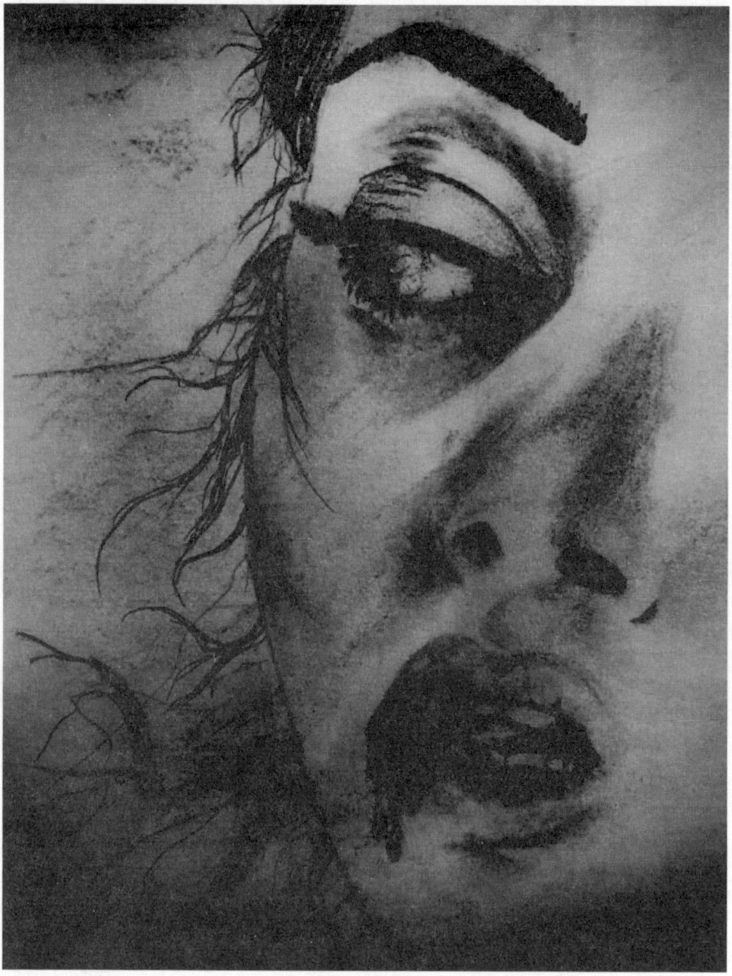

जब बाकी लोग सो रहे होते हैं, तब वे घर के सबसे मज़बूत सदस्य के साथ तब यौन सम्बन्ध बनाती हैं। उनके शिकार करने का जो भी तरीक़ा हो, लेकिन वे परिवार के लिए पाप लाती हैं। पुरुष हर गुज़रते दिन के साथ दुर्बल होते जाते हैं और उन्हें कुछ याद नहीं रहता कि रात में क्या हुआ था। चेडिप बार-बार लौटती है, जब तक कि पुरुष धीरे-धीरे दुर्बल होते हुए मर नहीं जाते।

वे उस घर पर आक्रमण नहीं कर सकतीं जहाँ देवताओं की मूर्तियों की पूजा अगरबत्ती, मंत्रों और अन्य धार्मिक अनुष्ठानों के साथ की जाती है। जब-तब चेडिप जंगल में बाघ के रूप में पुरुषों पर हमला करती हैं। लेकिन उस समय यदि पुरुष हथियार के साथ मुक़ाबले को तैयार हो तो वे भाग खड़ी होती हैं। इसके अलावा, यदि कोई व्यक्ति पहचान जाता है कि बाघ वास्तव में एक चेडिप है (क्योंकि उसका एक पैर मनुष्य जैसा है), तो वह अपने मूल रूप में वापस आ जाती है, छिप जाती है, या ऐसा दिखावा करने लगती है कि वह जंगल में औषधीय जड़ों की खुदाई कर रही है।

लोककथाओं से पता चलता है कि चेडिप मुक्ति नहीं पा सकीं या जीवन और मृत्यु के बीच झूलती हुई आत्माएँ हैं। धारणा है कि आत्महत्या से या प्रसव के दौरान मरी हुई स्त्रियों या यौन कर्म में संलग्न स्त्रियों की आत्माएँ चेडिप में बदल जाती हैं।

चेडिप की विशेषताएँ

- इनका सामना घातक हो सकता है।
- शरीर का ख़ून चूसकर या उसके साथ यौन सम्बन्ध बनाकर मार देती है।

चेतकिन

हाँफता हुआ रमेश वाशरूम की ओर आगे बढ़ा। चेहरे पर ठंडे पानी के छींटे मारकर उसे अच्छा लगा। उसे सर उठा आईने में झाँकने में थोड़ा वक़्त लगा। साहस बटोरते हुए उसने आईने में पहले अपने प्रतिबिंब को और फिर चारों ओर देखा। वहाँ कुछ भी नहीं था लेकिन फिर भी उसने दुबारा इसकी जाँच की। क्षण भर पहले मौत से बाल-बाल बचने की स्मृति से अभी भी उसका दिल ज़ोरों से धड़क रहा था।

उसने जाकर सोने की कोशिश की लेकिन यह कठिन था। शायद यही वह समय था जब उसे मदद की ज़रूरत थी। शुरू में उसे लगा था कि उसकी कार के रियर-व्यू मिरर से उसकी ओर घूर रही एकटक आँखें उसका मतिभ्रम है। उसे यह भी लगा कि उसने एक दुर्गंध महसूस की थी जो कार के अन्दर से आ रही थी। लेकिन आज उसे फिर बेचैनी महसूस हुई जब उसने देखा कि उसके कार के सामने बैठा कुत्ता उसी एकटक निगाह से उसे घूर रहा है जो उसे कई महीनों से परेशान कर रही थी। उन आँखों से बचने के लिए रमेश ने अपना साइड मिरर बन्द कर दिया और

रियर-व्यू मिरर को दूसरी ओर घूमा दिया। हाईवे पर वापस आते ही उसे फिर दुर्गंध आई और उसने महसूस किया कि उसे यह दुर्गंध तभी आई थी जब उसने अपने रियर-व्यू मिरर में आँखों की जमी हुई टकटकी को देखा था। पीछे की सीट को देखने के लिए अपना मिरर घुमाने से वह ख़ुद को रोक नहीं पाया। पत्थर की तरह जमी ठंडी आँखें उसे घूरती हुई नज़र आईं। एकबारगी उसका ध्यान भंग हुआ और वह डिवाइडर से बस टकराने ही वाला था। अचानक चैतन्य हुआ और दुर्घटना से बाल-बाल बचा गया। लेकिन उस पल का मानसिक आघात अभी भी उसे कँपा रहा था और वह उस रात को सो नहीं सका।

अगली सुबह रमेश ने प्रकाश से इस बारे में बात करने का फ़ैसला किया जो कार्यस्थल पर उसका सबसे क़रीबी दोस्त था। इस परेशानी की शुरुआत क़रीब एक साल पहले एक हादसे से हुई थी। क़रीब एक साल तक इस विषय को टालते रहने के बाद शायद उन्हें फिर से उस घटना के बारे में बात करने की आवश्यकता आ पड़ी थी। मुंबई के बाहरी इलाक़े में हाईवे पर अपने बच्चे के साथ मृत पड़े दंपति का दृश्य उनकी आँखों के सामने चमक उठा। चूँकि रमेश नशे में था, उस रात कार प्रकाश चला रहा था। जब वे उस स्थान से गुज़रे जहाँ शायद किसी ट्रक के धक्के से उस परिवार की मोटरसाइकिल चकनाचूर हो गई थी तो कुछ धीमे हो गए। ख़ून से लथपथ सड़क ने रमेश का मन ख़राब कर दिया और वे वहाँ से आगे बढ़ गए। जो बात उन्हें महीनों से परेशान कर रही थी, वह यह थी कि बच्चा अभी भी जीवित था। वे उसे बचा सकते थे। लेकिन इसके बजाय उन्होंने ख़ुद को रात की परेशानी और एक अनाथ की ज़िम्मेदारी से बचा लिया था।

प्रकाश जानता था कि अपराधबोध अभी भी उसके दोस्त को सता रहा है। वे तब भाग गए थे, लेकिन वह रात तेज़ी से उनके क़रीब आ रही

थी। शायद उन्हें और भागना बन्द कर देना चाहिए और डटकर इसका सामना करना चाहिए। उसने प्रस्ताव दिया कि वे दुर्घटनास्थल पर फिर जाएँ, लेकिन रमेश जो प्रकाश के अनुमान से अधिक आहत था, इसके लिए अनिच्छुक था। अपने दोस्त की अनिच्छा के सामने प्रकाश और दृढ़ हो गया।

यह सब कुछ दिनों के बाद एक दोपहर को शुरू हुआ। रमेश हर बार कार में बैठने पर इस दुर्गंध को सूँघ सकता था। बहरहाल, उसने प्रकाश के सुझाव को स्वीकार कर लिया। चूँकि रमेश की इच्छा नहीं थी, प्रकाश गाड़ी चलाने के लिए तैयार हो गया। उनकी नज़रें सड़क पर टिकी रहीं।

दोनों ने एक साल तक इस सड़क से परहेज किया था। फिर भी, दुर्घटना की सही जगह को ढूँढ़ना कठिन नहीं था। चूँकि यह स्थान राजमार्ग के दूसरी तरफ़ था, उन्होंने अगले एग्ज़िट से यू-टर्न लिया और एक साइनबोर्ड के सामने कार धीमी कर दी जिस पर 'मुंबई 10 किमी' लिखा था।

उन्हें कार से बाहर निकलने में थोड़ा समय लगा। स्वाभाविक रूप से वहाँ दुर्घटना का कोई निशान नहीं था। दोनों में से कोई भी एक शब्द बोल नहीं सका। कुछ देर वहीं खड़े रहने के बाद वे फिर कार में वापस आ गए। उन्हें नहीं पता लगा कि उन्होंने अच्छा महसूस किया या बुरा। वे बस अन्यमनस्क से कार चलाते रहे। साँझ धीरे-धीरे क्षितिज पर लुढ़क आई थी। सड़क जैसे अन्तहीन लग रही थी और दोनों ज़ल्द से ज़ल्द घर पहुँचना चाहते थे। प्रकाश ने उनके पहुँचने के समय का अनुमान लगाने के लिए अगले साइनबोर्ड पर नज़र डाली। इस पर फिर 'मुंबई 10 किमी' लिखा। उसने झटके से कार रोक दी।

'अरे, क्या हो गया? हम क्यों रुके हैं?', रमेश ने पूछा।

‘वह है, माँ। वह दुर्घटनास्थल पर है।’

रमेश हँस पड़ा।

‘मैंने सोचा था कि बस मुझे ही मतिभ्रम हो रहा है। तुम्हें क्या हुआ है? चलो, चलते रहो।’

प्रकाश ने शान्त होने की कोशिश की लेकिन उसका दिल बेतहाशा धड़क रहा था। दिन के आख़िरी बचे उजाले में वह स्त्री वहीं खड़ी एकटक उसे देख रही थी। रीढ़ सिहराने वाली उसकी ठहरी हुई टकटकी ने दिल को वेध दिया। वह रमेश से कुछ कहकर और परेशान नहीं करना चाहता था और उसने फिर से कार स्टार्ट कर दी। उस भयभीत करती आकृति से कार आगे बढ़ाते हुए वह व्याकुलता से अगले मील के पत्थर की तलाश करने लगा। इस बार संकेत पढ़ने से पहले ही उसे इलाक़ा पहचान में आने लगा था। अब तक पूरी तरह से अँधेरा हो चुका था और प्रकाश ने इस बार उस स्त्री को वहाँ ढूँढ़ने का कोई विशेष प्रयास नहीं किया। उसने अपना पैर एक्सीलेटर पर रखा और उस स्थल से तेज़ी से आगे निकल गया।

“हमें यहाँ से बाहर निकलने की ज़रूरत है; शायद हमें सड़क के दूसरी तरफ़ कुछ देर के लिए ग़लत दिशा में गाड़ी चलानी चाहिए। तुम्हें क्या लगता है, रमेश?”

रमेश ने कोई उत्तर नहीं दिया। प्रकाश को अचानक महसूस हुआ कि कार में कोई दुर्गंध भर गई है। उसने अपने मित्र की ओर देखा, जिसकी स्थिर निगाहें उस पर टिकी थीं। प्रकाश ने कार की तेज़ गति से अपना ध्यान खो दिया। तेज़ी से ब्रेक लगाने और कार के हवा में उछलते हुए सड़क के किनारे पलट जाने से पहले उसने एक अन्तिम बार फिर वह निशान देखा जिसपर लिखा था—‘मुम्बई 10 किमी’।

चेतकिन की विशेषताएँ

- दुर्घटना या प्रायः सड़क दुर्घटना करा लोगों की जान लेती है।
- दुर्गंध उसकी विशेषता है।
- सड़क दुर्घटना में कोई स्त्री मरती है तो इस आत्मा में बदल जाती है।
- ये महाराष्ट्र के कुछ हिस्सों में पाई जाती हैं।

चिरबत्ती

प्रतीक को इससे पहले कभी कोई राह ऐसी बन्द नहीं लगी थी। जब उसकी पहली बस छूट गई और उसे अगली बस पकड़नी पड़ी, तभी उसे लग गया था कि आज का दिन बुरा गुज़रने वाला है। तब देर दोपहर हो चुकी थी जब वह एक छोटे से शहर में उतरा, जहाँ से उसे सुदूर क्षेत्र में स्थित गाँव पहुँचने के लिए छकड़ा गाड़ी लेनी थी। चूँकि चयन परीक्षा में उसने औसत अंक प्राप्त किए थे, इसलिए उसे किसी भी प्रमुख शहर में नियुक्ति नहीं मिली और उसे कच्छ के रण के पास स्थित इस अन्दरूनी गाँव का चयन करना पड़ा। सरकारी नौकरी की संभावना अत्यंत आकर्षक होती है। प्रतीक को उम्मीद थी कि इस अलग-थलग स्थान पर कुछ वर्षों की समर्पित सेवा के बाद उसे किसी अच्छे शहर में स्थानांतरित कर दिया जाएगा।

अपनी आशावादिता के बावजूद वह इस स्थिति से निराश हुआ कि वह सही बस पर चढ़ने में कामयाब नहीं हुआ था। वह जिस बस में सवार हुआ, उसने जब उसे उतारा, तब अँधेरा होने ही वाला था। आगे

के सफ़र के लिए छकड़ा गाड़ी ने जब उसे छोड़ा तब तक पूरा अँधेरा हो चुका था। प्रतीक को यह तो पता था कि गाँव के पास एक सड़क पर जहाँ छकड़ा गाड़ी उसे उतारेगी, वहाँ से उसे गाँव पहुँचने के लिए एक मील पैदल चलना होगा। लेकिन वह जगह ऐसी होगी इसका अनुमान उसे तब तक नहीं था जब तक कि उसे उतारते हुए छकड़ा चालक ने जिस ओर जाने का इशारा किया, उधर अँधेरे के अलावा कुछ नज़र नहीं आता था। आगे बढ़ गई छकडा गाड़ी से आ रही रोशनी की आख़िरी चमक भी जब फीकी पड़ गई, तब प्रतीक ने निराशा से सड़क की ओर देखा और अपने पूरे जीवन और उन घटनाओं को दोषी ठहराने लगा जिन्होंने उसे ऐसे दुर्भाग्य तक पहुँचाया था। उसे अपने आगे की सड़क कुछ सौ मीटर तक ही दिखाई दे रही थी। उसके आगे घुप्प अँधेरा था।

जब तक सामने कोई राह है, कहीं न कहीं ले ही जाएगी। उसने हिम्मत बटोरी और आगे बढ़ने लगा। यह उसके अनुमान से कहीं अधिक कठिन था। लगभग आधे घंटे तक चलते रहने के बाद उसे समझ नहीं आ रहा था कि वह अभी भी सड़क पर है या एक भूखंड को दूसरे भूखंड से अलग करने वाली मेड़ों से गुज़र रहा है। उसने सोचा कि उसे वापस लौट जाना चाहिए और मुख्य सड़क पर बस्ती वापस लौटने के लिए किसी छकड़ा गाड़ी का इन्तज़ार करना चाहिए और इस यात्रा के लिए सुबह वापस आना चाहिए। वह पीछे मुड़ा, लेकिन पीछे लौटने का रास्ता भी उतने ही अँधेरे में था जितना कि आगे का रास्ता। जहाँ तक उसकी नज़र जा सकती थी, किसी कार या घर से रोशनी की एक किरण भी दिखाई नहीं दे रही थी।

निराशा ने उसका मन तोड़ दिया। हड्डियों में एक भारीपन से उसके पैर वहीं जम गए। सर के ऊपर सितारों भरी रात उसे कहीं अधिक गहरी

लग रही थी, लेकिन इसका अर्थ यह भी था कि सितारे अधिक चमकीले थे। उसने अनंत अँधेरे पर एक आख़िरी नज़र डाली और बेतरतीब ढंग से आगे बढ़ने लगा।

फिर उसने देखा रोशनी के दो छोटे गोले दूर के अँधेरे को भेद रहे थे। जितना अधिक वह रोशनी की ओर देख रहा था, उतनी ही तेज़ वे चमकने लगी थीं। वे लालटेन के अन्दर की लौ की तरह दिख रही थीं।

उसे अपने अन्दर आशा की एक किरण महसूस हुई। उसने सोचा कि ये ज़रूर ग्रामीण होंगे। इसका मतलब है कि वह अपने गंतव्य के क़रीब पहुँच गया है या कम से कम उनसे आगे के रास्ते के बारे में तो पूछ ही सकता है। वह रोशनियों पर अपनी आँखें गड़ाए तेज़ी से उनकी ओर आगे बढ़ने लगा।

लेकिन वे स्थिर नहीं थीं। उनमें से एक रोशनी जगह बदलती रहती थी और दूसरी उसके पीछे लगी रहती। दोनों रोशनियाँ आपस में टकराकर ज़मीन पर गिर गईं। फिर जब एक रोशनी उठी और तेज़ी से आगे बढ़ी तो दूसरी ने भी ऐसा ही किया। भारी उलझन में पड़ा प्रतीक एक क्षण के लिए रुक गया। उसने सोचा कि ये ज़रूर बच्चे हैं जो साथ खेल रहे हैं। लगता है वे बड़ों की नज़रें बचा इधर निकल आए हैं और रात में खेल का मज़ा ले रहे हैं। वह आशान्वित हुआ क्योंकि इसका मतलब था कि गाँव उसके अनुमान से कहीं अधिक ही क़रीब था।

रोशनियाँ एक दूसरे के साथ खेलती रहीं। वे एक दूसरे से दूर भागतीं, फिर पास आतीं और टकरातीं, नीचे गिर जातीं और एक दूसरे के ऊपर लुढ़कने लगतीं। एक रोशनी ज़मीन से कुछ अधिक ऊपर तैरती दिखी। उसने सोचा कि क्या किसी ने लालटेन को हवा में उछाल दिया? ज़रूर यह कोई ख़तरनाक खेल है, लेकिन फिर भी वे एक दूसरे के साथ दौड़ते-

भागते बहुत सहज लग रहे थे।

लेकिन कुछ तो अजीब था। प्रतीक अब न तो सड़क पर ही था और न ही मेड़ों पर चल रहा था। एक घना दलदल उसके पैरों को खींचने लगा था। उसे लगा कि वह तो बहुत देर से चल रहा था, लेकिन रोशनियाँ वहीं रहीं जहाँ वे पहले थीं। उसे पता ही नहीं था कि वह और क्या कर सकता था। उन रौशनियों से आँखें हटाना किसी प्रकार जैसे असंभव ही था। उसे लगा कि और कुछ जैसे है ही नहीं, जैसे अँधेरे में डूबी पूरी ज़मीन और सितारों भरी छत उनके गूढ़ खेल का कैनवास बनी हुई थी। अब तक प्रतीक यह भी समझ गया कि वे कोई खेल नहीं खेल रहे थे। वे तो रतिक्रिया कर रहे थे। क्षितिज की ओर वे एक दूसरे से मिलते और एक दूसरे को सहलाते। वे एक दूसरे के आलिंगन में कसकर लिपटे हुए ऊपर हवा में तैरते रहे। वे तारों भरे क्षितिज की ओर धीरे-धीरे लुप्त होते गए जैसे वे दो टूटते सितारे हों। इस बार वे आकाश से नहीं गिरे, बल्कि उसकी ओर बढ़ते गए और सितारों की उस भीड़ में अब अलग से उनकी पहचान मुश्किल थी।

प्रतीक घुटनों के बल गिर पड़ा। उसे लगा जैसे वह अभी-अभी किसी सपने से उठा हो। चौंक कर उसने इधर-उधर देखा। यह निश्चित रूप से किसी गाँव का बाहरी इलाक़ा था। वह किसी छोटे से प्राथमिक विद्यालय की दीवारों को देख सकता था। पास की झोपड़ियों में लालटेन की हल्की लौ नज़र आ रही थी।

उसने अगली सुबह इस प्रेमी युगल का क़िस्सा सुना। अलग-अलग धर्मों के होने के कारण वे अपने जीवनकाल में अपने प्यार को पूरा नहीं कर पाए थे। उन्होंने एक रात इन्हीं खेतों में अपनी जीवन लीला समाप्त कर ली थी। वे अभी भी किसी-किसी रात खेतों में प्रेम करते नज़र आ

जाते थे। अब कोई इस प्रेमी युगल को एक दूसरे के साथ होने से रोक नहीं सकता था।

चिरबत्ती की विशेषताएँ

- दलदल में अपना रास्ता खोकर जान गँवा देने वाले या मछली पकड़ने गए मछुआरे, जो मर जाते हैं, वे चिरबत्ती बन जाते हैं।
- प्राय: हानिरहित।
- जल निकायों या दलदलों के ऊपर तैरती हुई रोशनी के रूप में दिखाई देते हैं। जो लोग इन रौशनियों का पीछा करते हैं, अपना मानसिक संतुलन खो सकते हैं या हमेशा के लिए अपना रास्ता भूल सकते हैं।
- कभी-कभी रास्ता भूले यात्रियों को उनके गंतव्य तक पहुँचाने में मदद करते हैं।

चिरोगुनी

भूत-प्रेतों के बारे में मेरे शोध से यह दिलचस्प बात पता चली कि बहुत-से भूत-प्रेत मूलतः स्त्री थे। ऐसा इसलिए है क्योंकि स्त्रियाँ दर्ज इतिहास के आरंभ से ही पुरुषों, उनके परिवारों और साथ ही साथ पितृसत्तात्मक समाजों द्वारा दमन, शोषण और अत्याचार का शिकार रही हैं। अधिकांश स्त्रियाँ जीवनकाल में अपने दुख और पीड़ाओं को व्यक्त नहीं कर पातीं। लोककथाओं से पता चलता है कि ये भूत-प्रेत सम्बन्धी अभिव्यक्तियाँ वे तरीक़े हैं जिनसे वे अन्ततः ख़ुद को व्यक्त करने में सक्षम हुई हैं।

बंगाली लोककथाओं में कहा गया है कि प्रसव के दौरान मरने वाली स्त्रियों की आत्माएँ इसी नश्वर दुनिया में एक दुष्ट प्रेतात्मा के रूप में बंधी हुई रह जाती हैं, जिन्हें चिरोगुनी के रूप में जाना जाता है। उन्हें भटकती हुई आत्माओं के रूप में चित्रित किया गया है जो निर्जन स्थानों, श्मशान घाटों और जलाशयों के आसपास छुपकर रहती हैं। वे इंसानों की तलाश में भटकती हैं ताकि उनके तन-मन पर काबू कर सकें। जब किसी में चिरोगुनी समा जाती है तो उसके व्यवहार में बदलाव के साथ-साथ उसके

शरीर का तापमान भी बढ़ने लगता है और वह बड़बड़ाने लगता है।

यदि बच्चों में चिरोगुनी आ जाए तो वे उन्मादी ढंग से नृत्य करने लगते हैं और गला फाड़कर गाने गाते हैं। लोककथाओं से पता चलता है कि यह व्यवहार चिरोगुनी की बच्चों से प्यार करने की अधूरी इच्छा से उत्पन्न होता है, क्योंकि अपने जीवनकाल में उन्होंने अपने बच्चों की आँखें खुलने से पहले ही अपनी अन्तिम साँसें ले ली थीं। प्रसव के दौरान मरी स्त्रियों के भूत विशेष रूप से इस तरह के उपद्रव करते हैं। कुछ अन्य घटनाओं में चिरोगुनी लोगों को पूर्ण जीवन जीने से रोकने की कोशिश करती है और उन्हें असमय मौत की ओर धकेलती है, ताकि वे माता-पिता होने का सुख न भोग सकें। चिरोगुनी के क़ब्ज़े में आए लोगों को बचाने के लिए गाँव वालों द्वारा तांत्रिक या काला जादू करने वाले को बुलाया जाता है।

चिरोगुनी की विशेषताएँ

- एक स्त्री आत्मा, आमतौर पर द्वेषपूर्ण।
- बच्चों और वयस्कों दोनों पर सवार होती है।
- इन्हें प्रसव के दौरान मर गई या प्रताड़ित स्त्रियों की आत्मा के रूप में देखा जाता है।
- भारत के विभिन्न गाँवों में पाई जाती है।

चोरदेवा

प्रिया को बेटा चाहिए था। वह जानती थी कि उसके उच्च शिक्षित परिवार में कोई भी एक बेटे की चाह रखने के लिए उसका अनादर नहीं करेगा, क्योंकि यह उसकी अपनी पसन्द थी। उसने अन्ततः एक लड़के को जन्म दिया जिसने सोलहवीं मंजिल के उनके अपार्टमेंट को रोशन कर दिया। वह बेहद ख़ुश थी। दूसरी ओर, उसका पति मुकेश महज इतने भर से ख़ुश था कि माँ और बच्चा दोनों स्वस्थ हैं।

प्रिया की माँ स्लिप डिस्क के कारण महीनों से बिस्तर पर थीं, इसलिए वह अपनी बेटी की देखभाल करने में असमर्थ थीं। अतः उसकी सास उनके साथ रहने के लिए आ गईं। चूँकि घर का अधिकांश काम दाई कर लेती थी, प्रिया को ताज्जुब ही हुआ कि उसकी सास यूँ अचानक क्यों आ गई हैं। सास ने उस पर अपने कमरे से बाहर निकलने पर पाबन्दी लगा दी और प्रिया को अपने सारे काम ख़ुद करने को कहा। एक आधुनिक, शिक्षित परिवार में पली-बढ़ी प्रिया ख़ुद पर लगाई जा रही इन पाबन्दियों को बर्दाश्त नहीं कर पा रही थी। उसने उम्मीद की कि

उसका पति कुछ बोलेगा, लेकिन किसी आज्ञाकारी पुत्र की तरह मुकेश चुप ही बना रहा। यहाँ तक कि ख़ुद वह कमरे के अन्दर नहीं आ सकता था (क्योंकि अभी कमरे को अशुद्ध माना जाता है) आमतौर पर बच्चे के जन्म के बारह दिन बाद तक वह और उसकी माँ दरवाज़े से ही प्रिया से बात कर लेते थे। उसे जिन बातों को झेलना पड़ रहा था, उसमें उसके पति की चुप्पी ने उसे सबसे अधिक तकलीफ़ दी।

वह कभी-कभी अपनी बोरियत को दूर करने के लिए दयालु और मददगार दाई निधा से बात कर लेती थी। उसे किसी क़ैदी सा महसूस होता और दिन भर में केवल निधा ही उसे कुछ अच्छा महसूस करा पाती थी। जब उसके पति और सास सो रहे होते, वह बच्चे को संभाल लेती और प्रिया को थोड़ी चहलक़दमी करने का अवसर मिल जाता। प्रिया अपने पति के व्यवहार से बहुत नाराज़ थी। निधा देर शाम तक उसके साथ

बनी रहती थी और कभी-कभी रात का खाना तैयार करने में मुकेश और उसकी माँ की मदद करती थी। प्रिया कभी उन तीनों को डिनर टेबल पर बैठे और मुकेश के किसी मज़ाक पर हँसते हुए देखती तो मन मसोसकर रह जाती। वह मुकेश के हँसी-मज़ाक को मिस कर रही थी और इससे उसे उसकी माँ पर और ग़ुस्सा आ रहा था।

दिन बीतने के साथ प्रिया उन्हें और अधिक मस्ती-मज़ाक करते देखने लगी। निधा उसकी या बच्चे की देखभाल करने के बजाय उन लोगों के साथ अधिक समय बिताने लगी। प्रिया अपनी ईर्ष्या नहीं दबा पाई जब एक दिन उसने निधा को मुकेश के इर्द-गिर्द अधिक घूमते हुए देखा। हर शाम जब उसकी सास टीवी देखने में व्यस्त रहती तो दोनों हॉल में बैठकर गप्पें मारा करते। खीझ से भरी प्रिया निधा को अलग-अलग काम के बहाने से अपने कमरे में बुलाने लगी। इसके तुरंत बाद ही एक दिन मुकेश उसके दरवाज़े पर आया और बेचारी दाई के प्रति कठोर होने के लिए उसे कड़वी बातें सुनाने लगा। इससे हैरान और दुखी प्रिया ने अपनी सास की मदद लेने की कोशिश की, लेकिन कोई फ़ायदा नहीं हुआ।

प्रिया को अंदाज़ा हो रहा था कि क्या चल रहा है और उसने निधा और मुकेश को रंगे हाथों पकड़ने का फ़ैसला किया। एक रात डिनर के बाद जब सभी कमरों की रोशनी बन्द हो गई तो उसने चुपचाप अपने कमरे का दरवाज़ा खोला और हल्के क़दमों से उस कमरे की ओर आगे बढ़ी जिसे बच्चे के आने से पहले वह मुकेश के साथ साझा करती थी। उसे इस बात का अच्छे से अंदाज़ा था कि वह क्या देखने वाली है। एक बार वह उन्हें साथ पकड़ ले तो फिर उस औरत से भी छुटकारा पा लेगी और अपने पति से भी निपटेगी।

उसने बेडरूम का दरवाज़ा खोला। मंद रोशनी वाले कमरे में मुकेश

चैन की नींद सो रहा था। प्रिया को शर्मिंदगी महसूस हुई; उसने उनके बारे में कैसी अश्लील बातों की कल्पना की थी। उसने कुछ हल्का महसूस किया और अपने कमरे की ओर वापस लौटी। उसने दरवाज़ा खोला और निधा को अन्दर खड़ा देख चौंक गई। उसने उसे नाम से पुकारा तो निधा उसकी ओर पलटी। उसने बच्चे को पैरों से पकड़कर उलटा लटका रखा था और उसकी नागिन जैसी जीभ बच्चे के छोटे सिर के चारों ओर लिपटी हुई थी। उसने अपनी बड़ी-बड़ी काली आँखों से प्रिया को देखा और एक झटके के साथ उसके पीछे का दरवाज़ा बन्द हो गया।

चोरदेवा की विशेषताएँ

- माओं और नवजात शिशुओं का शिकार करने वाला दुष्ट भूत।
- अक्सर माँ और बच्चे की हत्या कर देता है।
- स्त्री का रूप धारण कर सकता है।
- महाराष्ट्र में पाया जाता है।

चुड़ैल

चुड़ैल एक स्त्री भूत है। इसके बारे में पूरे दक्षिण और दक्षिण-पूर्व एशिया में, विशेष रूप से भारतीय उपमहाद्वीप में मिथकों, कहानियों, लोककथाओं, दादी की कहानियों और प्रत्यक्षदर्शियों के क़िस्सों में जिक्र मिलता है। यह शब्द हिंदी भाषा में अपशब्द या गाली की तरह भी प्रयोग किया जाता है। चुड़ैलें उन औरतों का भूत होती हैं, जिनकी प्रसव या गर्भधारण के समय अत्यधिक पीड़ा से अथवा कभी-कभी ससुराल वालों द्वारा दी गई यातना के कारण मृत्यु हो जाती है।

पशुओं का रूप धर सकने में सक्षम चुड़ैलों को उनके वास्तविक रूप में बेहद कुरूप बताया जाता है। उन्हें अलग-अलग क्षेत्रों में अलग-अलग नामों से जाना जाता है, जैसे उन्हें बंगाल में 'पेटनी' या 'शंखचुन्नी' और मलेशिया और इंडोनेशिया में 'पोंटियानक' पुकारा जाता है।

हालाँकि वे औरत रूप में ही पहचानी जाती हैं, लेकिन भारी ढीले स्तन, काली जीभ, मोटे-खुरदुरे होंठ और कभी-कभी बिना किसी चेहरे के उनके शरीर विकृत और कुरूप होते हैं। चुड़ैल कभी-कभी सफ़ेद

कपड़ों में देखी जाती हैं, कभी नग्न घूमती रहती हैं और उनके पैर पीछे की ओर होते हैं।

अभागी औरतों के भूत के रूप में चुड़ैल की अवधारणा का मूल फ़ारस में ढूँढ़ा जा सकता है, जहाँ माना जाता था कि प्रसव के बाद की "अशुद्धता की अवधि" के दौरान मरने वाली औरतें चुड़ैल बन जाती हैं। दक्षिण-पूर्व एशिया में गर्भावस्था और प्रसव के बीच के समय को और भारत में माहवारी से लेकर बच्चे के जन्म के बाद के पहले बारह दिन के समय को भी इस अशुद्धता की अवधि के रूप में रखा जाता है।

कुछ अन्य स्रोत चुड़ैलों की उत्पत्ति के बारे में एक अलग कहानी सुनाते हैं। वे उन बच्चियों की अतृप्त आत्माएँ भी हो सकती हैं जो पैदा होने के बीस दिनों के भीतर मर गईं। वे उन औरतों की भूत भी हो सकती हैं जो अतृप्त इच्छाओं के साथ कुँवारी ही, या विवाह के पूर्व ही मर गईं।

चुड़ैल परिवार के उन पुरुषों का शिकार करती है, जिन्होंने उसे कष्ट दिया था। पहले परिवार के सबसे युवा पुरुष को निशाना बनाती है, उसके बाद एक-एक कर बाकी सब भी शिकार होते हैं। वे लोगों को घातक बीमारियों से भी संक्रमित कर सकती हैं और रात में किसी अज्ञात व्यक्ति द्वारा नाम पुकारने पर जवाब देने वाले किसी भी व्यक्ति की आत्मा छीन लेती हैं। परिवार के पुरुषों को मारने के बाद चुड़ैल किशोर लड़कों के पीछे पड़ती हैं, उनसे यौन सम्बन्ध बनाती हैं और उन्हें अगले जन्म में भी मिलने के लिए बहकाती हैं।

हिन्दू पौराणिक कथाओं में चुड़ैलों को डायन या डाकिनी की तरह देखा जाता है जो किसी भी बुरी ताक़त को हराने के लिए देवी काली की सेवा करती हैं। बकरे की बलि और कुछ धार्मिक अनुष्ठानों के माध्यम से किसी अतृप्त आत्मा या चुड़ैल को ख़ुश किया जा सकता है। किसी

के चुड़ैल बनने से रोकने के अन्य उपाय भी हैं। इन निवारक उपायों में गर्भवती महिला की अच्छी देखभाल करना और यदि उसकी मृत्यु हो जाती है तो उसकी आत्मा को संतुष्ट करने के लिए अनुष्ठानों के अनुसार उनका अन्तिम संस्कार किया जाना शामिल है।

चुड़ैल की विशेषताएँ

- एक स्त्री आत्मा।
- बेहद घातक; आमतौर पर उनसे मुठभेड़ जानलेवा होती है।
- आमतौर पर पुरुषों को मारती है।
- पूरे दक्षिण एशिया और दक्षिण-पूर्व एशिया में पाई जाती हैं।

डाकन साकन

उसने फिर से रस्सी खींची। चरखी की आवाज़ से रात का सन्नाटा टूट गया। कुआँ किसी अथाह रसातल की तरह लगा और उसे पता भी नहीं था कि वह कितनी देर से बाल्टी को बाहर खींचने की कोशिश कर रही थी। बाल्टी अटक गई थी; उसने कुछ और ज़ोर लगाया। इस बार यह आसानी से बाहर गई। उसने बाल्टी को अपने सिर के ऊपर उड़ेल दिया और उसमें से घना धुआँ निकल उस पर बहने लगा। धुएँ ने पहले उसके कंधों को, फिर उसकी छाती को अपने आगोश में लपेट लिया। उसके गर्भवती पेट को ढकने में उसे कुछ वक़्त लगा।

ज्योति झटके से नींद से जगी। वह पसीने से तर-ब-तर थी। उसके सिर में तेज़ दर्द हो रहा था। उसने ज़ोर से अपने गर्भवती पेट को पकड़ लिया। कितना भयानक सपना था! शायद वह चीखी भी थी क्योंकि उसका पति वीर भी जाग गया था। अपनी पत्नी के ऐसे अनिश्चित व्यवहार का आदी हो चुका वीर शान्ति से उसके लिए एक गिलास पानी ले आया।

'इस बार क्या हुआ था?'

'बस एक बुरा सपना।'

'तुम्हें इसका सामना करना होगा, ज्योति। डॉक्टर ने भी कहा था कि इन सपनों से मुक्ति पाने के लिए तुम्हें इनकी आँखों में देखना होगा। तुम्हारा सिरदर्द अब कैसा है?'

ज्योति जानती थी कि उसके पति को उसकी चिंता है। यह चौथी बार था जब वह गर्भवती हुई थी और वह उसे सहारा देने की पूरी कोशिश कर रहा था। उनके स्त्री रोग विशेषज्ञ के लिए भी यह एक अत्यंत जटिल केस था क्योंकि तकनीकी रूप से पिछले तीन बार भी कोई समस्या नहीं थी। जब डॉक्टर यह पता नहीं लगा सके कि उसके पुराने सिरदर्द का कारण क्या है तो उन्होंने उसे एक मनोवैज्ञानिक के पास रेफर कर दिया। कई सेशन की काउंसलिंग के बाद आख़िरकार ज्योति ने स्वीकार किया कि उसे हमेशा भय लगा रहता है कि जैसे हमेशा उसका पीछा किया जा रहा हो। उसने आईने में अपने पीछे परछाइयाँ देखी थीं और उसे लगता था कि जैसे ख़ाली कमरे में भी कोई उसे घूर रहा हो। डॉक्टर ने यह निष्कर्ष निकाला कि यह पिछले तीन गर्भपात के आघात का परिणाम है। उसने सलाह दी कि अगर उसे लगता है कि उसका पीछा किया जा रहा है या कोई उसे हमेशा देखता रहता है, तो उसे पीछे मुड़कर देखना चाहिए और अपने डर का सामना करना चाहिए। इससे ज्योति को कुछ मदद भी मिली और वह पहले से बेहतर महसूस करने लगी; लेकिन उसे अभी भी डरावने सपने आते थे, जिस बात ने डॉक्टर को भी चिंतित किया था।

'क्या तुमने डॉक्टर के सुझाव के अनुसार पंजाब के अपने पुराने घर जाने के बारे में विचार किया है?'—वीर ने पूछा।

'नहीं! मैं इसके लिए तैयार नहीं हूँ।'

'ज्योति, तुम्हें समझने की ज़रूरत है। हम इस बार कोई जोखिम नहीं

उठा सकते।'

उसे घबराहट हुई और वह डॉक्टर के सुझाव पर अमल करने को तैयार हो गई। शादी करने और मुंबई में बसने से कई वर्ष पहले उसने पढ़ाई के लिए पंजाब छोड़ दिया था और मुंबई आ गई थी। उसके माता-पिता तो उससे मिलने एक-दो बार मुंबई आए थे, लेकिन वह फिर कभी लौटकर अपने गृहनगर नहीं गई थी। जब डॉक्टर ने सुझाव दिया कि वह अपने डर का सामना करे, तो यही पहला ख़याल वीर के दिमाग़ में आया था। अपनी जड़ों, अपनी मिट्टी के प्रति उसकी उदासीनता से कुछ व्यग्र वीर ने राहत महसूस की, जब ज्योति बिना अधिक हिचकिचाहट के पंजाब जाने को तैयार हो गई।

बड़े शहर में जन्मे और पले-बढ़े वीर के लिए ज्योति के गाँव जैसी कोई जगह जाना कुछ अलग एहसास था। वह पूरे दिन तालाब के आसपास घूमने और चावल एवं गन्ने के खेतों में भटकने में काटा करता था। कभी-कभी ज्योति भी उसके साथ चली जाती थी, लेकिन प्रायः अपने पुराने कमरे में ही बैठी रहती। वह पहले से कुछ ख़ुश दिखने लगी थी और जिससे वीर कुछ आशान्वित हो रहा था।

एक दिन जब वह घर के पिछले हिस्से में घूम रहा था तो उसे एक परित्यक्त कुआँ दिखा जिसके तल में गंदा पानी था। जब उसे पता चला कि बचपन में ज्योति इस कुएँ में एक दुर्घटना का शिकार हुई थी तो उसने ज्योति से इस बारे में बात करने की कोशिश की, लेकिन उसने कुछ भी अधिक बताने से इनकार कर दिया।

एक सुबह जब वह सोकर उठा तो ज्योति घर में नहीं थी। इधर-उधर उसे ढूँढ़ते वह बाहर निकला तो उसे घर के पिछवाड़े पुराने कुएँ की मुंडेर पर बेसुध-सी कुएँ के अन्दर झाँकते हुए पाया।

उसने किसी प्रकार उसे घर के अन्दर चलने और इस बारे में बात करने के लिए मना लिया।

'तुम चाहते थे कि मैं इसका सामना करूँ, है न? यह भी चाहता है कि मैं इसका सामना करूँ!'

'कुएँ के अन्दर कुछ भी नहीं है ज्योति, बस अँधेरा है।'

'वही तो! अँधेरा ही बाहर आना चाहता है।'

वीर को समझ ही नहीं आ रहा था कि उसे कैसे होश में लाया जाए। बेबस सा महसूस करते हुए उसने उसके माता-पिता से जब इस बारे में बात की तो उसे समझ में आया कि ज्योति का कुएँ के पास जाना सही नहीं था। वे अचानक बहुत चिंतित हो गए और उसे कहा कि उस रात ज्योति को कमरे में बन्द रखे और अगली सुबह ही उसके साथ वापस लौट जाए। हालात से व्यथित वीर ने उस रात अपनी पत्नी को कमरे में बन्द रखा, लेकिन ख़ुद वह भी एक़दम मौन बनी रही। उस रात उसने ज्योति से अधिक कुछ नहीं पूछा और एक असहज नींद में सो गया।

धातु को खुरचने की दबी आवाज़ से अचानक उसकी कच्ची नींद बाधित हुई। उसने देखा ज्योति कमरे में नहीं थी। तुरंत ही वह भागता हुआ कुएँ के पास पहुँचा। वीर ने अँधेरे में उसे कुएँ से बाल्टी खींचते हुए देखा। शायद वह सही कह रही थी। शायद उसने अँधेरे को ही उस शून्य से बाहर खींच लिया था। उसने बाल्टी को सिर के ऊपर यूँ उड़ेला जैसे नहा रही हो। चाँद की रोशनी में वीर ने उसकी टाँगों के बीच बहता ख़ून देखा। अब उसके पेट पर कोई उठाव नहीं था। उसने एक अजीब सी मुस्कान के साथ उसे देखा और कहा, 'लड़की थी!'

डाकन साकन की विशेषताएँ

- एक आकाहीन भूत।
- गर्भवती महिला के गर्भ और दिमाग़ में बीमारी का कारण है।
- रिहायशी इलाक़ों में रहता है।
- लोगों की जान लेता है।
- पंजाब में पाया जाता है।

डाकिनी

डाकिनी देवी काली की माँसभक्षी, रक्तपिपासु अवतार मानी जाती है, जिसने असुरों* का संहार किया था। मध्ययुगीन किंवदंतियों में उसके अमानुषी रूप का वर्णन मिलता है। हालाँकि डाकिनी मुख्य रूप से हिन्दू अवधारणा का अंग रही है, लेकिन बौद्ध धर्म और आगे जापानी संस्कृति और तिब्बती बौद्ध धर्म में भी उसका प्रसार हुआ है। डाकिनियाँ ऊर्जा से भरी होती हैं और उनकी गति से अन्तरिक्ष में ऊर्जा का प्रवाह होता है।

डाकिनियों को विभिन्न समूहों में वर्गीकृत किया गया है। तिब्बती लामाओं के अनुसार, प्रज्ञापारमिता, मंडल डाकिनी, बाह्य डाकिनी और योगिनी के रूप में उनके चार भेद हैं। त्रिकाया सिद्धांत के अनुसार उनके तीन प्रकार हैं—धर्मकाया, संभोगकाया और निर्माणकाया डाकिनी।**

वे अनुत्तरयोग तंत्र से संबद्ध हैं और परिवर्तन के मार्ग का प्रतिनिधित्व

* असुर शब्द सबसे पहले वेदों में आता है। जहाँ इसका प्रयोग दैवीय अर्थ में ही हुआ है। बाद में इसे बुरी आत्माओं के सन्दर्भ में प्रयोग किया जाने लगा।

** जूडिथ सिमर-ब्राउन, डाकिनीज़ वार्म ब्रीथ : द फेमनिन प्रींसिपल इन तिब्तन बुद्धिज़्म, बोस्टन एंड लन्दन: संभल पब्लिकेशन, 2002

करती हैं, और नकारात्मक भावनात्मक ऊर्जा को सकारात्मक प्रकाशमय ऊर्जा में बदल देती हैं।

डाकिनी की विशेषताएँ

- देवी काली का लोकातीत अवतार।
- माँसभक्षी और रक्तपिपासु होती हैं, लेकिन परोपकारी भी हो सकती हैं।
- जापान और तिब्बत/चीन सहित अन्य कई देशों के मिथकों और संस्कृतियों में उनका वर्णन मिलता है।

डायनी

स्वादिष्ट! रिंकी ने मन-ही-मन यह शब्द दोहराया। इस नए शब्द ने उसके अन्दर कुतूहल पैदा कर दिया था। वह इस शब्द का उपयोग बौदीदी को अचंभित करने के लिए करना चाहती थी। बौदीदी जब से मित्तिर परिवार में आई, रिंकी के लिए जीवन आसान हो गया था। बेटी होने के कारण वह हमेशा उपेक्षित ही रही थी। बौदीदी का रंग भी कुछ साँवला था। परिवार के सबसे छोटे बेटे की पत्नी के रूप में वह घर के कामकाज में सबसे अधिक सक्रिय थी। इसलिए, कोई भी सीधे तौर पर उस पर हावी नहीं हो सकता था। रिंकी पहले दिन से ही उससे घनिष्ठ होने लगी थी। बौदीदी को भी रिंकी में रूप में गाँव में एक मूक सहेली मिल गई थी। उसने रिंकी का फिर से स्कूल जाना शुरू कराया। माँ की मृत्यु के बाद से उसका परिवार ऐसा करने में असमर्थ रहा था।

रिंकी मन लगाकर पढ़ाई करती थी। वह ख़राब ग्रेड पाकर बौदीदी को कभी निराश नहीं होने देती थी। जब से बौदीदी गर्भवती हुई थी रिंकी घंटों उसके पास बालकनी में बैठा करती और उसे दिन भर की बातें

बताती। कई बार यह कुछ उबाऊ भी होता क्योंकि बौदीदी प्रायः थकी होती। प्रायः वह इस बातचीत के बीच में ही सो जाती थी। रिंकी ने सोचा कि माँ बनना ज़रूर ही एक कठिन काम होता होगा। उसने देखा था कि कैसे उनकी गौशाला की सबसे स्वस्थ गाय एक दुबली-पतली, सुन्दर आँखों वाली काली बछिया को जन्म देते मर गई थी। उन्होंने बछिया का नाम कालिंदी रखा था। गाँव वाले इस बछिया को पसन्द नहीं करते थे। हर दिन जब उसे चरने के लिए बाहर ले जाया जाता तो कोई न कोई उसकी बुरी निगाह की शिकायत करता। यह अभी तक पारिवारिक मखौल का विषय ही बना हुआ था, जब एक दिन कोई चिल्लाता हुआ आया कि उसकी दादी की मौत हो गई है क्योंकि उसने उस दिन कालिंदी को खिलाने की कोशिश की थी। बछिया को अपशकुन मानकर उन्होंने बाँस की छड़ी से उसे पीटा और अधमरा कर नदी किनारे फेंक दिया। मित्तिर परिवार ने विरोध करने की कोशिश तो की लेकिन उग्र भीड़ के ख़िलाफ़ जाने की उनकी हिम्मत नहीं हुई।

लेकिन रिंकी इस बात को इतनी आसानी से जाने नहीं दे सकती थी। बेचारी बछिया के बारे में सोचते हुए वह अगले दिन उसकी तलाश में निकली। बरगद के पेड़ की घनी छाया में पड़ी हुई बछिया उसे दूर से ही नज़र आ गई। वह उसके पास पहुँची। वह अभी भी जीवित थी, लेकिन अपनी अन्तिम साँसें गिन रही थी। रिंकी नहीं जानती थी कि किस चीज़ ने उसे अभी तक ज़िंदा बनाए रखा था। वह उसके काँपते शरीर के पास बैठ गई और उसे धीरे से सहलाने लगी। अचानक उसने हिलना बन्द कर दिया। रिंकी को अपनी रीढ़ में कंपकंपी महसूस हुई। यह पहली बार था जब उसने अपनी आँखों के सामने किसी को मरते हुए देखा था। वह लड़खड़ाती हुई घर लौटी, पूरे हफ़्ते बीमार रही और उस की बेजान आँखों

को भूलने में उसे महीनों लगे।

बौदीदी इन दिनों व्यस्त रहती थी। रिंकी को अभी-अभी अंग्रेज़ी सीखने में मज़ा आने लगा था, लेकिन अपने नवजात बेटे में व्यस्त बौदीदी उसे अधिक समय नहीं दे पाती थी। रिंकी बच्चे के आसपास रहकर बौदीदी की मदद करने की कोशिश करती थी। हालाँकि उसे बच्चे कुछ ख़ास पसन्द नहीं थे, विशेष रूप से जब वे ध्यान आकर्षित करने के लिए ज़ोर से रोते थे। वह आमतौर पर बस बच्चे के पास बैठी रहती थीं जबकि बौदीदी या कोई और उसकी देखभाल कर रहा होता था। दादी को इस सबसे छोटे बच्चे से बहुत लगाव था। रोज़ सुबह वह बच्चे को धूप में बाहर ले जाकर बैठती और उसकी मालिश करती। कभी-कभी रिंकी भी उनके साथ वहीं बैठ जाती थी। छोटा शरीर उसे धूप में उतना बुरा भी नहीं लगता था। मुलायम साँवली त्वचा पर तेल की चमक बच्चे को आँखों के लिए आकर्षक बनाती थी। अब वह समझ रही थी कि हर कोई बच्चों को गोद में लेना क्यों पसन्द करता है। बच्चा जैसे आटे की लोई सा था जिसे आपको अपने हाथों से गूँथने की ज़रूरत थी। जैसे माँस की एक फूली हुई गेंद हो जो आपके हाथ में निचोड़ने पर पिघल जाएगी। वह इसे देखती रही, 'स्वादिष्ट...स्वादिष्ट... वह धीरे से बुदबुदाई।'

'क्या देख रही हो?' दादी भय-मिश्रित आवाज़ में चिल्लाई। 'बच्चे को इस तरह देखना बन्द करो! तुम उसे पसन्द नहीं करती, है न?'

रिंकी ने चौंक कर देखा। एक पल के लिए वह भूल ही गई कि उसकी दादी वहाँ मौजूद थी! लेकिन वे चिल्ला क्यों रही थीं? दादी बच्चे को उठाकर घर के अन्दर ले गई। रिंकी ग़ुस्से में वहीं बैठी रही। घर में हर कोई नए बच्चे को लेकर बहुत संवेदनशील था। उस खीझ दिलाने वाले छोटे से इंसान में ऐसा ख़ास क्या था? घर से बाहर निकलते उसके अन्दर

ग़ुस्से की लहर दौड़ रही थी। उसे बच्चे और उसके आस-पास की हर चीज़ पर ग़ुस्सा आ रहा था।

जब वह लौटी तो घर में सभी तनाव में थे। बौदीदी, दादी और परिवार की अन्य महिलाएँ बिलख-बिलखकर रो रही थीं। बच्चा बीमार हो गया था। उसका पूरा शरीर सिकुड़ने लगा था। ऐसा लग रहा था कि उसके जबड़े की मांसपेशियाँ जकड़ गई थीं, किसी हैरानी से मुँह खुला हुआ था और उसका शरीर ऐसे सिकुड़ गया था मानो शरीर से कोई ख़ून चूस रहा हो।

'यही, यही! मैंने आज सुबह इसे ही बच्चे को देखते हुए देखा था... यह खा गई उसे! दादी ने रिंकी की ओर इशारा किया और गरजी।

रिंकी डर गई। इस तरह का नज़ारा वह पहले भी देख चुकी थी। वह बाहर भागी और तब तक दौड़ती रही जब तक नदी तक नहीं पहुँच गई। निराश और बेहाल वह अपने घुटनों पर गिर गई। सुबकते हुए सोचने लगी कि उसे इतना डर क्यों लग रहा है। यह मार खाने का डर नहीं था। नहीं, उसके शरीर और दिमाग़ में चल रहा भय उसके भीतर से आ रहा था जो उसकी रीढ़ को ऐंठता हुआ उसका पेट मथ रहा था। वह अपने पेट की बेचैनी को दूर करना चाहती थी। गले में एक उँगली डालते हुए उसने उबकाई ली और अन्दर का सब बाहर निकालने की कोशिश की। उसने दुबारा कोशिश की तो ख़ून बाहर आया।

डायनी की विशेषताएँ

- एक बुरी शक्ति जो जीवित शरीरों पर क़ब्ज़ा कर लेती है। डायन-ग्रस्त व्यक्ति जिसे भी देखता है, मानो उसका ख़ून चूस लेता है।
- डायनी एक शरीर से निकलकर दूसरे शरीर में प्रवेश कर सकती हैं, और वे अपना अस्तित्व बनाए रखने के लिए अक्सर ऐसा करती हैं। वे इस तरह से सैकड़ों वर्षों तक बनी रह सकती हैं।
- डायनी को एक शरीर से दूसरे शरीर में जाने से रोकने का एकमात्र तरीक़ा यह है कि भूतग्रस्त व्यक्ति के शरीर को जला दिया जाए।
- माना जाता है कि कुछ लोग अपने ऊपर डायनी के क़ब्ज़े के साथ ही पैदा होते हैं।
- अत्यंत घातक। अपने शिकार की जान ले सकती है या गंभीर शारीरिक क्षति पहुँचा सकती है।
- कई लोगों का मानना है कि क़ब्ज़े वाले शरीर में चुड़ैलों की तरह अपनी जादुई क्षमताएँ उत्पन्न होने लगती हैं।

द्रक्षी

असामान्य घटनाओं के वर्णन के मामले में आदिवासी कहानियाँ अनूठी ही होती हैं। पश्चिमी भारत के जंगलों की एक ऐसी ही कहानी में भयानक विशेषताओं वाली एक प्रेतनी का वर्णन मिलता है। जंगल में रहने वाली यह प्रेतनी जंगली पशुओं जैसे रूप रखती है। गहरे जंगल में विचरने वाली इस प्रेतनी को द्रक्षी कहा जाता है जिसका विशाल माँसल शरीर घने काले फ़र से ढका होता है। इनके बारे में एक और विचित्र विवरण यह है कि इनका रक्त हरा होता है। ऐसा माना जाता है कि द्रक्षी का जन्म आकाशीय उप-देवताओं द्वारा दिए गए अंडों से होता है। उन्हें पराजित करने के लिए उनपर शराब डालकर आग लगाने की ज़रूरत होती है।

द्रक्षी को अक्सर कोई जंगली पशु समझ लिया जाता है। विभूतिभूषण बन्दोपाध्याय के रोमांचकारी उपन्यास चाँदेर पहाड़ (1937) में लेखक ने अफ्रीका के जंगल में दुस्साहसिक यात्रा का वर्णन किया है, जहाँ नायक का सामना एक बनइप (bunyip) से होता है जो रूप बदल सकता है। इसके तीन बेहद शक्तिशाली नख थे और खाँसने की आवाज़ निकालता

था। द्रक्षी को अभी भी एक जंगली पशु ही माना जा सकता है, लेकिन इसकी (उपन्यास के अफ्रीकी संस्करण में बनइप के रूप में वर्णित) एक प्रमुख विशेषता होती है जो इसे पशु की तुलना में अधिक घातक बनाती है। यदि यह किसी को काट लेती है तो उसमें भी द्रक्षी के समान लक्षण उत्पन्न होने लगते हैं। धीरे-धीरे उसके पूरे शरीर पर मोटे फ़र उग आते हैं और उसका ख़ून हरा हो जाता है।

एक गाँव की मुखिया औरत की कहानी है। उसने काले जादू का अभ्यास करके बहुत शक्ति प्राप्त कर ली थी। वह जादू-टोना और किसी को भी अपने वश में करने के लिए अपनी झोंपड़ी में मानव खोपड़ियों को इकट्ठा करती थी। यह जानकर उस इलाक़े के सबसे शक्तिशाली गाँव के राजा ने उस औरत को बन्दी बना लिया। निडरतापूर्वक उसने दावा किया कि वह जंगली पशुओं को अपने वश में कर सकती है। उसे क़ैद कर लिया गया और एक झोपड़ी के अन्दर एक रात बिताने की सज़ा सुनाई गई जहाँ उसके आसपास जंगली भेड़िये विचर रहे थे। अगली सुबह सभी भेड़िये रहस्यमय तरीक़े से मृत पाए गए। जब उस औरत को रिहा किया गया तो सभी उससे इस क़दर डर गए थे कि उससे दूर ही रहने लगे। लेकिन वह औरत ख़ुद बेहद डरी हुई लग रही थी और हमेशा अपनी कुटिया में ही छुपी रहती थी। धीरे-धीरे लोगों ने उस औरत में होते परिवर्तनों को देखना शुरू किया। सबसे पहले उसके शरीर पर फर उगने लगे। लोगों ने सोचा कि कभी उसका काला जादू उलटा पड़ गया होगा या लंबे समय तक जंगली जीवों को अपने वश में रखने के कारण उसका शरीर भी वैसा होने लगा है। एक बार जब वह बीमार थी तो लोगों ने उसकी झोपड़ी में उस पर हमला कर दिया। उसके शरीर से हरा ख़ून बहा। अपने बचाव में उसने अपने पति की दूसरी पत्नियों में से एक को

काट लिया। लेकिन इसके लिए फिर उसे पछतावा हुआ और उसने सभी लोगों से कहा कि यदि वे अपने गाँव को बचाना चाहते हैं तो उसे और उस दूसरी पत्नी को शराब डालकर जला दें।

द्रक्षी की विशेषताएँ

- एक दुष्ट प्रेतनी जो आम तौर पर पश्चिमी भारत के जंगलों में पाई जाती है।
- उसके काट लेने पर वही लक्षण शिकार में भी प्रकट होने लगते हैं।
- उसका शरीर मोटे फ़र से ढका होता है और उसके ख़ून का रंग हरा होता है।

एकानोरे

परीकथाओं और चित्रों में भूतों को अक्सर सूप जैसे बड़े कानों और मूली जैसे दाँतों के साथ चित्रित किया जाता है। बंगाली लोककथाओं में एकानोरे नामक एक भूत का वर्णन मिलता है जो ताड़ के पेड़ों पर रहता है और शरारती बच्चों का शिकार करता है। शरारत करते बच्चों को ज़ल्दी से सुलाने के लिए माएं और दादियाँ उन्हें एकानोरे के क़िस्से सुनाती हैं। महान संगीतकार सलिल चौधरी ने एक कविता में एकानोरे का वर्णन किया है। वह अपनी कविता की शुरुआत उस लोरी से करते हैं, जिसे उन्होंने अपनी दादी से सुनी थी।

एकानोरे, कानेकोरे
तेंतुल पारे, छोरे छोरे
एक हाथे तार नुनेर भांड़, अरेक हाथे छूरी
कान केटे नून घोषे बेराय बारी बारी।

एकानोरे, जिसके पास एक ही कान है

इमली के गुच्छे तोड़ता है!

एक हाथ में नमक का बर्तन और दूसरे हाथ में चाकू लेकर, वह घर-घर जाता है, कान इकट्ठा करता है और उन पर नमक छिड़कता है।

बंगाल में अगर किसी का एक कान कटा हो तो कहा जाता है कि उसे बेशर्मी की सज़ा दी गई है। और 'दू कान कटा' होना, यानी जिसके दोनों कान नहीं हों, तो इसका मतलब हुआ कि वह बेशर्मीका शिखर पुरुष है।

माना जाता है कि एकानोरे के पास ऐसे बेशर्म लोगों के कानों का एक विशाल संग्रह होता है। कुछ प्रसिद्ध कविताओं और लोककथाओं में उसकी चर्चा मिलती है।

एकानोरे की विशेषताएँ

- आमतौर पर एक परोपकारी आत्मा।
- कान काटकर बेशर्मों को दण्ड देने का इच्छुक रहता है।
- शरारती बच्चों को सज़ा देता है।
- उसके केवल एक कान और एक पैर होते हैं।

गंधर्व

गंधर्व हिन्दू पौराणिक कथाओं में वर्णित एक अलौकिक या दिव्य प्राणी हैं। वे हिन्दू धर्म में वर्णित आठ अलौकिक प्राणियों—असुर, देव, गरुड़, किन्नर, गंधर्व, महोराग, नाग और यक्ष में से एक हैं।

वे अप्सराओं के पुरुष समकक्ष हैं। गंधर्व और अप्सराएँ दोनों ही स्वर्गलोक में देवताओं का मनोरंजन करते हैं। गंधर्व अपनी अद्वितीय प्रतिभा के साथ भारतीय शास्त्रीय संगीत का गायन करते हैं और अप्सराएँ उस संगीत पर नृत्य करती हैं।

दोनों अलौकिक प्राणी महान सौंदर्य के उदाहरण होते हैं। गंधर्वों को पुरुष सौंदर्य का सबसे सुन्दर रूप माना जाता है और वे अपने रूप और संगीत प्रतिभा से स्त्रियों को रति आकर्षित करने के लिए जाने जाते हैं। कहा जाता है कि गंधर्वों के साथ यौन सम्बन्ध स्त्रियों में उन्माद का कारण बनता है। यह भी माना जाता है कि गंधर्व अपनी दिव्य शक्तियों के साथ लोगों को ठीक कर सकते हैं और उनका पौरुष बहाल कर सकते हैं। देवताओं का मनोरंजन करने के अलावा उनका एक अन्य उत्तरदायित्व

सोम रस की रक्षा करना है, जो देवताओं द्वारा ग्रहण किया जाने वाला एक प्रकार का मादक द्रव्य और अमरता का अमृत है।

बौद्ध धर्म में इन प्राणियों को पेड़ों और फूलों की सुन्दरता से संबद्ध किया जाता है। गंधर्व शरारती होते हैं और भिक्षुओं का ध्यान भंग कराने के लिए जाने जाते हैं। बौद्ध ग्रंथ महातन्हासांख्य सुत्त में उल्लेख है कि एक बच्चे को माँ के गर्भ में लाने के लिए तीन शर्तों की पूर्ति आवश्यक है: पहला, स्त्री अपने मासिक धर्म की उपयुक्त अवस्था में हो; दूसरा, उसका पुरुष के साथ संसर्ग हो; और तीसरा, वहाँ एक गंधर्व अवश्य मौजूद हो। कुछ विद्वानों की व्याख्या है कि अपने कर्म के परिणामस्वरूप गंधर्व ही उस बच्चे के रूप में जन्म ले सकता है।

जैन धर्म में गंधर्वों को आकाशीय देवताओं के रूप में चित्रित किया गया है। दिगंबर संप्रदाय के अनुसार उनकी त्वचा सुनहरे रंग की होती है, जबकि श्वेतांबर संप्रदाय उन्हें साँवले रंग का बताता है।

गंधर्वों को उन दूतों में से एक माना जाता है जो स्वर्ग और पृथ्वी के बीच संवाद का आदान-प्रदान करते हैं। वे महान योद्धा होते हैं। जब प्रेमी युगल बिना विवाह के एक साथ रहते हैं तो उनका मिलन गंधर्व विवाह के रूप में जाना जाता है। भारतीय शास्त्रीय संगीत के बहुत प्रसिद्ध उस्तादों को भी कभी-कभी गंधर्व पुकारा जाता है।

गंधर्व की विशेषताएँ

- आकाशीय प्राणी; हिन्दू मिथक में अप्सराओं के पुरुष समकक्ष।
- प्रतिभाशाली संगीतज्ञ और रूप में आकर्षक होते हैं।
- लाभकारी और कभी-कभी शरारती आत्मा।

हारा

मालती की शादी अपने गाँव से बहुत दूर के एक गाँव में हुई तो उसे कोई ख़ास घबराहट नहीं हुई। उसकी उम्र की अन्य सभी लड़कियों की शादी आसपास ही हुई थी। लेकिन वह हमेशा से ही कुछ दुस्साहसी रही थी। किसी सुदूर गाँव से एक अच्छे प्रस्ताव को स्वीकार करना उसे कठिन नहीं लगा था। वह अपने गुट की लड़कियों में सबसे सुन्दर थी। उसका नया परिवार अत्यंत भला था और उसे पाकर प्रसन्न था। उसने अपनी नई ज़िम्मेदारियों को गंभीरता से लिया, ज़ल्द ही समझ लिया कि उसके ससुराल वालों को क्या स्वीकार्य होगा, और अपने नए घर में अच्छी तरह से जम गई।

एक बड़े परिवार का हिस्सा होने और सबसे अमीर बेटे की पत्नी होने के कारण, उसे दिन में कुछ ही काम करने होते थे। वह दोपहर में गंदे बर्तन धोने के लिए पास के तालाब में ले जाती थी। अगर काम ज़ल्दी खत्म हो जाता तो वह कभी-कभी तालाब में तैर भी लेती थी। उसने अपने बड़े भाई से तैरना सीखा था और हमेशा इसे मन-बहलाव का सबसे

अच्छा तरीक़ा मानती थी।

एक दिन जब मालती अपनी गीली साड़ी में तालाब से बाहर निकली तो पड़ोसियों में से एक युवती बहुत डर गई। उसने उसे बताया कि उस तालाब में हारा नामक भूतनी का वास है। वह तालाब किनारे रखे बर्तन और बहुमूल्य आभूषणों को चुरा लेती है। कहा जाता है कि वह तालाब में तैरने जाते बच्चों के पैर भी खींच लेती है।

मालती को हँसी आने लगी। उसने पहले भी इस भूतनी के बारे में सुन रखा था। एक अच्छी तैराक होने के कारण उसे इस कहानी से डर नहीं लगा था।

उसे तो एक और पड़ोसी को लेकर अधिक चिंता थी जिसे वह कभी-कभी झाड़ियों में छुपा हुआ देखती थी, जो उसे गीले कपड़ों में तालाब से बाहर आते समय घूरा करता था। वह अपने आप को जितना हो सके उतना ढँकने की कोशिश करती, लेकिन अधिक सफल नहीं हो पाती। वह खौफ़नाक आदमी एक दिन तो उससे सीधे बात करने के लिए भी आ गया था।

मालती बौखलाई हुई घर लौटी। वह सोच भी नहीं सकती थी कि कोई इतना बेशर्म होगा कि एक शादीशुदा औरत को ऐसे इशारे करेगा। उसके दुस्साहस से नाराज़ होकर उसने उसके चेहरे पर एक थप्पड़ भी जड़ दिया था। वह चुपचाप चला गया। मालती ने इस सम्बन्ध में कोई हंगामा नहीं किया। यह मामला और बिगड़े नहीं, इसलिए वह बीमार होने का बहाना करते हुए कुछ दिनों तक तालाब से दूर भी रही। लेकिन ऐसा अधिक समय तक नहीं चल सका और ज़ल्द ही उसे फिर तालाब जाना पड़ा।

वह घर की एक छोटी लड़की को अपने साथ ले गई थी और बर्तन

धोते समय इधर-उधर देख रही थी। तालाब के आस-पास उसे कोई नज़र नहीं आया। उस दिन उसकी नहाने की हिम्मत नहीं हुई और वह वापस चली आई। अगले कुछ दिन भी बिना किसी घटना के ही बीते। मालती को राहत मिली। उसने ख़ुद को आश्वस्त किया कि थप्पड़ लगाना काम कर गया है और उस बेशर्म आदमी ने उसका पीछा छोड़ दिया है। उसने फिर बच्ची को ले जाना बन्द कर दिया और अकेले ही आने-जाने लगी।

अगले दिन वह तालाब में नहा रही थी। चूँकि शाम होने लगी थी, मालती ने महसूस किया कि जल ठंडा हो गया है और उसने बाहर निकलने का फ़ैसला किया। अचानक उसे लगा कि कोई ज़ोर से उसके पैर को अन्दर खींच रहा है। वह घबरा गई और अपना संतुलन खो बैठी। उसके मुँह में कुछ पानी चला गया और जैसे ही उसने अपना सिर पानी से ऊपर उठाने की कोशिश की, उसे लगा कि किसी ने उसकी कमर पकड़ ली है और छूने की कोशिश कर रहा है। वह चिल्लाना चाहती थी, लेकिन उसे अभी भी नीचे खींचा जा रहा था। तब तक उसने पहचान लिया था कि यह वही पड़ोसी था और उसके इरादे क्या थे। जितना अधिक उसने अपने आप को उसके चंगुल से मुक्त करने के लिए संघर्ष किया, उतना ही उस पर उसकी पकड़ मज़बूत होती गई। वह बहुत अच्छा तैराक था और लगातार उसे अन्दर खींचता जा रहा था। वह एक हाथ से उसे नीचे खींच रहा था और दूसरे हाथ से उसे ग़लत तरीक़े से छू रहा था।

तभी उसने देखा कि तालाब के तल से एक काली छाया ऊपर उठ रही है। तालाब की गहराई में यूँ भी अँधेरा था लेकिन पानी का रंग और गहरा हो गया था। उस काली आकृति ने ख़ुद को मालती पर हमला करने वाले व्यक्ति के चारों ओर लपेट लिया था और उसे खींचकर अन्दर ले

जाने लगी। आश्चर्यजनक रूप से उसने मालती को जाने दिया। अब वह आदमी जूझ रहा था और ख़ुद को मुक्त कराने की कोशिश कर रहा था। मालती जब ऊपर आ रही थी तब उसने उस आकृति को उस आदमी को पूरी तरह से घेरकर तालाब की तली में ले जाते हुए देखा।

हारा की विशेषताएँ

- यह भूतनी तालाबों और झीलों के शान्त जल में रहती है।
- कुछ लोग उन्हें डूब जाने वाले लोगों की आत्मा मानते हैं।
- आमतौर पर हानिकारक नहीं होती।
- कभी-कभी जान भी ले सकती है।

जिलैया

पारंपरिक घरों में कोई भी दुल्हन की इच्छाओं की परवाह नहीं करता है और उर्मिला भी इसका अपवाद नहीं थी। हर बार जब वह शादी के दिन कुछ माँगती तो उसे अपने होने वाले पति बृजेश से पूछने के लिए कहा जाता। शादी के बाद, वह मन बहलाव के लिए एक पालतू पक्षी पाने की अपनी इच्छा पूरी न हो पाने से बेहद निराश थी। जब उसके पति ने उसे बताया कि उसकी सास को पक्षी पसन्द नहीं हैं, तब उसे और भी बुरा लगा। यहीं से उर्मिला और उसकी सास लीला देवी के बीच झगड़े की शुरुआत हुई। और यह झगड़ा कभी समाप्त ही नहीं होता था। वे सुबह से ही लड़ना शुरू कर देतीं और बृजेश मन की शान्ति पाने के लिए काम पर ज़ल्दी निकल जाता।

उसकी पत्नी और माँ की बहस में किसी एक का पक्ष लेने से वह डरता था। जब से उर्मिला गर्भवती हुई थी, वह और भी आक्रामक हो गई थी, जिससे उसके लिए झगड़े को नियंत्रित करना और भी कठिन हो गया था।

अपनी अधूरी इच्छा को शान्त करने के लिए उर्मिला छत पर पक्षियों

को दाने खिलाती। फिर ये पक्षी आँगन के पेड़ पर बैठ जाते। जब भी उर्मिला और उसकी सास की लड़ाई होती, तो लीला देवी पहला काम यह करती कि पक्षियों को उड़ा देती। आज सुबह भी वैसा ही हुआ। जैसे ही बृजेश काम के लिए गया, उसने इस शिकायत के साथ कि पक्षियों ने आँगन को गंदा कर दिया है, उन्हें दूर भगा दिया। शाम के समय लीला देवी ने एक पक्षी को रूखेपन से भगाने की कोशिश की लेकिन जैसे उसने परवाह नहीं की और खुले आँगन के चक्कर लगाती रही। गुस्से से उसने उसकी ओर छोटी वस्तुएँ फेंकनी शुरू कर दी।

इस पर उर्मिला ने अपना आपा खो दिया। प्रथा के अनुसार उसे अपनी सास का नाम लेने की अनुमति नहीं थी, इसलिए उसने उसे 'बृजेश की माँ' कहकर पुकारा और उस पर चिल्लाई कि पक्षी को अकेला छोड़ दो। लीला देवी ने भी पलटवार किया और उर्मिला को जीवन में अब तक देखी गई सबसे बेशर्म औरत कह दिया।

उस दिन सभी समझ गए थे कि अब यह लड़ाई बहुत आगे निकल चुकी है। वे माहौल के शान्त होने के लिए अगली सुबह का इन्तज़ार कर रहे थे।

सुबह बृजेश अपने बिस्तर पर बेसुध पड़ा मिला। उसके गले पर एक गहरा घाव था, जिससे काफ़ी खून बह रहा था।

इस भयानक दृश्य ने सभी को सन्न कर दिया। दोनों औरतों ने तुरंत ही लड़ना बन्द कर दिया। बृजेश के अन्तिम संस्कार के बाद वे उस शान्त हुए घर में रहती रहीं और सावधानी रखती थीं कि एक दूसरे के सामने न पड़ें। उर्मिला ने अब पक्षियों को खाना खिलाना या एक पालतू पक्षी की इच्छा को भी छोड़ दिया था। वह दिनभर कमरे में पड़ी रहती, या कभी-कभी छत पर चली जाती और घंटों अकेली खड़ी रहती।

एक दोपहर को उसने एक पक्षी को फिर से आँगन का चक्कर

लगाते देखा। जिस तरह से वह चक्कर लगा रहा था या दिन के उजाले में भी जिस तरह से उसके अशुभ आगमन से उसे बेचैनी महसूस हो रही थी, उसने समझ लिया कि यह वही पक्षी है जिसके कारण बृजेश की मृत्यु के एक दिन पहले लड़ाई हुई थी। उसने उसे दूर भगाने की कोशिश की। इस बार वह बिना किसी परेशानी के भाग भी गया।

जब उर्मिला ने एक अत्यंत दुर्बल बच्चे को जन्म दिया तब तो लीला देवी का पूरा दिमाग़ ही फिर गया। उसे लगता था कि किसी ने उसके परिवार को शापित किया है। उर्मिला सारा दिन बिस्तर पर रोती हुई बिताती थी। हर शाम लीला देवी तेज़ आवाज़ में चिल्लाती : "ये राक्षस, फिर से! उर्मिला, मैं उन सबको मार डालूँगी!"

एक शाम अरुचिकर शोरगुल सुन उर्मिला अपने कमरे से बाहर निकली तो अपनी सास को पास के पेड़ों की शाखाओं पर बैठे और चक्कर लगाते पक्षियों पर जो भी आसपास छोटी चीज़ें थीं, फेंकते हुए पाया। वह चीख़ी—राक्षस, उर्मिला, राक्षस। इन सभी को मार डालना चाहिए। उर्मिला चारों ओर देख रही थी, तभी काँप उठी जब उसने एक परिचित पक्षी को एक शाखा पर बैठे देखा जिसकी दुष्ट निगाहें उस पर ही टिकी हुई थीं। झट से अपनी आँखें मूँदकर वह अपने कमरे में भागी और दरवाज़ा बन्द कर लिया।

अगली सुबह लीला देवी को दरवाज़ा तुड़वाना पड़ा जब कई बार पुकारे जाने पर भी उर्मिला ने कोई जवाब नहीं दिया। दरवाज़ा खुला तो उर्मिला अपने बिस्तर पर पड़ी थी। उसका गला कटा हुआ था, जिससे अभी भी खून टपक रहा था।

जिलैया की विशेषताएँ

- एक पक्षी भूत।
- जिस व्यक्ति का नाम सुनता है, उसका गला काट उसे मार देता है।
- यदि इसकी छाया गर्भवती महिला पर पड़ती है तो वे दुर्बल बच्चे को जन्म देती है।
- उनकी कहानियाँ बिहार के गाँवों में प्रचलित हैं।

कालपुरुष

बंगाली में 'कालपुरुष' शब्द आमतौर पर ओरायन या मृग नक्षत्र को संदर्भित करता है। इसके जुड़े हुए बिंदु धनुष के साथ एक शिकारी की तरह दिखाई पड़ते हैं, और कुछ संस्कृतियों में इन्हें मृत्यु का देवता माना जाता है।

चूँकि यह स्वप्न संभोगी चुड़ैल का पुरुष संस्करण है, इसलिए सबसे पहले स्वप्नसंभोगी के बारे में बात करते हैं। प्रतीत होता है कि स्वप्न दोष की व्याख्या करने के लिए इसका दोष किसी भूत-प्रेत पर लगाने का विचार उपजा। सवप्नसंभोगी आमतौर पर एक स्त्री आत्मा है जो गहरी रात में आती है और किसी आदमी के स्वप्न में प्रवेश करती है। फिर यह अपने शिकार को बहकाने और संभोग में संलग्न करने के लिए आगे बढ़ती है। इसके पुरुष रूप कालपुरुष की उत्पत्ति तब होती है जब किसी पुरुष की शादी से पहले ही मृत्यु हो जाती है और उसकी यौन इच्छाएँ अधूरी रह जाती हैं। वे रूप बदलने में माहिर होते हैं जो अंधेरे में दुबके हुए या अलमारी में छिपे हुए या किसी आकर्षक स्त्री के बग़ल में बैठे हुए

पाए जा सकते हैं। वे स्त्रियों को संभोग के लिए बहकाने में माहिर होते हैं।

कालपुरुष को देखे जाने के कई दर्ज दावे मौजूद हैं। इसे दो असामान्य रूप से लंबे हाथों, कूबड़ वाले शरीर और अँधेरे में चमकती आँखों से पहचाना जा सकता है। कहा जाता है कि जो स्त्रियाँ कालपुरुष के सामने पड़ती हैं, उनमें तुरंत दो लक्षण उभरते हैं। पहला, उन्हें तेज़ बुख़ार आ जाता है और दूसरा, वे बहकी-बहकी बातें करने लगती हैं। कुछ स्त्रियाँ अपना मानसिक संतुलन पूरी तरह खो देती हैं और अजीब हरकतें करने लगती हैं। कालपुरुष शब्द 'काल', जिसका अर्थ है मृत्यु, और 'पुरुष' शब्द से मिलकर बना है।

कालपुरुष की विशेषताएँ

- यौन इच्छुक चुड़ैल या स्वप्न राक्षसी का पुरुष संस्करण
- स्त्रियों का शिकार करने के लिए कुख्यात है।
- कभी-कभार ही जानलेवा होता है।

कानीपिशाची

वह औरत फिर वापस आ गई। मोनी बस रो ही पड़ने वाली थी जब उसने देखा कि उसकी सास ने वह पसन्दीदा साड़ी उस औरत को दे दी है जो उसके पति ने उसकी सालगिरह पर उसे उपहार में दी थी। जब सुबह इस्तरी करते समय साड़ी जल गई और उसमें एक छोटा छेद हो गया था, तब वह जान गई थी कि ऐसा ही होगा। उसने समझाने की कोशिश की थी कि वह साड़ी की सिलवटों के अन्दर उस छेद को आसानी से छिपा सकती है, लेकिन सब व्यर्थ। अगली शाम को ही उस दुबली-पतली औरत ने दरवाज़े पर दस्तक दी और उसकी सास ने झट से वह साड़ी उसे दे दी। ओह, अपने आँगन में खड़ी उस घूँघट वाली औरत से मोनी को कितनी घृणा हुई थी!

उसने अपने पति को यह समझाने की कोशिश की थी कि उसकी माँ को मूर्ख बनाया जा रहा है और यह घूँघट वाली औरत इस छोटे से डिफेक्ट वाले महँगे कपड़े को बेचकर कितने पैसे बनाएगी। लेकिन इस तरह के प्रचलन से परिचित उसके पति ने उसकी बात पर कोई ध्यान नहीं

दिया, जिससे उसे और बुरा लगा।

मोनी ने कभी-कभी शाम के समय पास के तालाब में इस औरत को अपने घर से पाए कपड़ों को धोते हुए देखा था। उसे पूरा विश्वास हो गया था कि यह औरत उन्हें ठग रही थी। इस औरत की हर बात से मोनी को विकर्षण होने लगा था। उसे अपनी सास को इसे कपड़े देने से रोकने के लिए कोई उपाय ढूँढ़ना ही था। सबसे पहले तो वह इस बात के लिए जुनूनी हो गई कि उसका कोई सामान ख़राब न हो। वह प्रत्येक कपड़े को स्वयं धोती और और उन पर इस्तरी करती थी ताकि वे अच्छे बने रहें। जब उनके बेटे रॉबिन का जन्म हुआ तो उसने उसे भी सिखाया कि कैसे अपने कपड़ों को अच्छी स्थिति में बनाए रखे। वर्षों बीत गए और किसी ने उस औरत को फिर कभी उनके दरवाज़े पर नहीं देखा। लेकिन, सभी अपने कपड़ों की अच्छी देखभाल करें, इसके लिए मोनी का जुनून अभी तक बना रहा था।

रॉबिन आमतौर पर अपने स्कूल में झगड़ों और विवादों से ख़ुद को दूर ही रखता था। लेकिन, एक दिन जब उसके सबसे अच्छे दोस्त राजू पर बड़े लड़कों ने हमला किया तो उसे हस्तक्षेप करना पड़ा। इस दौरान उसकी शर्ट फट गई। लाल और सफ़ेद रंग की यह चेकदार शर्ट नई कक्षा में पदोन्नत होने पर उसे मिली नई यूनिफ़ॉर्म का अंग थी। रॉबिन जानता था कि उसकी माँ ग़ुस्सा होगी। उसने इसका ज़िक्र राजू से किया, जो फिर एक समाधान लेकर आया था। वह एक सेफ्टी पिन लेकर आया और फटे हुए हिस्से को आपस में जोड़ दिया। रॉबिन की क़िस्मत अच्छी रही तो फटी हुई शर्ट माँ को नहीं दिखेगी।

रॉबिन ने राहत की साँस ली जब माँ का ध्यान इस पर नहीं पड़ा। लेकिन वह जानता था कि वह जब कुछ दिनों में कमीज़ धोएगी तब

उसे पता चल जाएगा और फिर उसके ग़ुस्से का सामना करना पड़ेगा। वह पढ़ाई का नाटक कर रहा था जब उसे बाहर से तेज़ शोरगुल सुनाई पड़ा। उसकी माँ आँगन में खड़ी एक दुबली-पतली घूँघट वाली औरत पर चिल्ला रही थी। उस रात मोनी सो नहीं पाई। वह नहीं समझ पा रही थी कि इतने सालों बाद उस औरत को फिर देखने से वह परेशान क्यों हुई। जब मोनी ने उसे कहा कि उनके पास देने के लिए कुछ नहीं है, तो वह बिना कुछ कहे चली गई थी। फिर भी, उसके मन की बेचैनी दूर नहीं हो रही थी।

रॉबिन का अगला दिन चिंता में बीता। वह समझ नहीं पा रहा था कि शर्ट के फटने के बारे में माँ को कैसे बताएगा। इतना ही नहीं, जब वह सुबह स्कूल गया तो उसने अपने स्कूल के प्रांगण के एक कोने में एक घूँघट वाली औरत को खड़ा देखा। उसे अजीब सा अहसास हुआ कि वही कल रात उनके घर भी आई थी। उसने कक्षा की खिड़की से भी ऐसी ही एक आकृति देखी जो खेल के मैदान के एक कोने में खड़ी थी। राजू, जो उसका ध्यान आकर्षित करने की कोशिश कर रहा था, निराश हुआ जब उसे रॉबिन की व्याकुलता का कारण पता चला। रॉबिन जानता था कि घर वापस जाते समय उसका पीछा किया जा रहा है। थोड़ी ही देर बाद एक परिचित आकृति ने उसका रास्ता रोका। लेकिन अब वह घूँघट में नहीं थी।

मोनी भी पूरे दिन बेचैन रही। वह कोई काम नहीं कर पाई। इसलिए, वह शाम होने तक उनके घर के पीछे के तालाब के आसपास घूमती रही।

जैसे ही रात हुई, वह औरत फिर से वापस आ गई। कपड़ों की गठरी सँभाले एक दुबली-पतली आकृति। उधर, मोनी काँप उठी जब उसने एक जानी-पहचान लाल चेक शर्ट को धुलते हुए देखा। वह भागती हुई घर लौटी तो पाया रॉबिन घर नहीं लौटा था।

कानीपिशाची की विशेषताएँ

- एक भूतनी।
- वह हर शाम तालाब में कपड़े धोती है।
- फटे कपड़े पहनने वाले लोगों की जान ले लेती है।
- बंगाल में पाई जाती है।

किचिन

जब से उसका भाई अपनी दुल्हन को घर लेकर आया, सरोज अपनी ख़ूबसूरत भाभी के लिए काम-वासना रखने लगा था। वह गुपचुप उसे घूरता, उसकी आकर्षक देह के एक-एक हिस्से और सुन्दर चेहरे पर लार टपकाता; उससे बात करने के बहाने ढूँढ़ता रहता और जब भी उसे मौक़ा मिलता जान-बूझकर टकराने के बहाने उसे छूने की कोशिश करता। एक दिन जब वह स्नान करने जाने वाली थी तो वह तुरंत घर से बाहर उस ओर भागा जिधर बाथरूम की खिड़की थी, एक बड़ा पत्थर घसीट लाया ताकि उस पर खड़ा हो सके, और अन्दर झाँकने लगा। उसके कामुक उत्साह का अन्त न रहा जब वह पारुल को कपड़े उतारते और अपने गोरे शरीर पर पानी डालते हुए देखने में सफल रहा। इस दृश्य से उत्तेजित होकर और ख़ुद पर नियंत्रण रख सकने में असमर्थ होते हुए वह अपने कमरे की ओर भागा।

जब वह आँखें बन्द करके लेटा हुआ था और मन में उस दृश्य की कामुक कल्पना में खोया था, तभी सफ़ाई वाली मीना कमरे में आई।

ज़ल्दबाज़ी में सरोज दरवाज़ा बन्द करना भूल गया था। मीना ने उसे और उसकी उत्तेजना को ख़ाली टकटकी के साथ पीड़ा की भावना से देखा। आँखें खुलते ही सरोज ने नौकरानी को घूरते हुए देख लिया और दबे हुए गुस्से के साथ बिस्तर से उठा और कमरे से बाहर निकल गया। मीना को देखते हमेशा उसका मन ख़राब होता था; किसी और से कभी उसे इतनी चिढ़ नहीं हुई थी जितनी उससे होती थी।

अगले कुछ दिनों तक वह बाथरूम की खिड़की से अपनी भाभी को छुप-छुप कर देखता रहा और उसके लिए कामुक कल्पनाएँ करता रहा। वह राहत महसूस कर रहा था कि वह अभी तक पकड़ा नहीं गया था, लेकिन कुछ समय बाद वह सोचने लगा कि शायद वह जानती है कि वह उसे छुपकर देखता है, लेकिन आपत्ति के बजाय उसे उकसा रही है क्योंकि उसका भाई उसे यौन सुख नहीं दे पा रहा है। उसने अपने इस सिद्धांत के परीक्षण का फ़ैसला लिया। अगले दिन, पारुल के नहाने के तुरंत बाद वह उसके पास गया और प्रशंसा की नज़रों से उसे देखा। उसने एक बार उसकी ओर देखा, फिर अपने बेडरूम में चली गई। उसका भाई काम पर गया हुआ था, इसलिए उसने अपनी भाभी के कमरे के आसपास रहने और बन्द दरवाज़े पर नज़र बनाए रखने की सोची। थोड़ी देर बाद दरवाज़ा खुला तो वह अन्दर चला गया, लेकिन देखा कि वह एक दूसरे तौलिए के साथ बाथरूम की ओर जा रही है। तो क्या उसका सिद्धांत सही था? क्या वह चाहती थी कि वह उसकी आकर्षक देह पर फिर से नज़र गड़ाए? वह एक सुविधाजनक स्थान की ओर खिसका और उसे कपड़े उतारते देखने लगा। अचानक वह मुड़ी और खिड़की की ओर देखा और उसे अपनी ओर घूरते हुए पकड़ लिया। उसका मुँह आश्चर्य से खुला रह गया;

उसने झट से खिड़की बन्द कर दी और अपना अतिरिक्त तौलिया उस पर लटका दिया।

वह फिर उससे बच-बचकर रहने लगी और एक हफ़्ते बाद बताया कि वह अपने माता-पिता के घर जा रही है। सरोज इससे बहुत निराश हुआ। वह निराशा से अहाते में भटकता रहता और अपनी क़िस्मत को कोसता रहता।

हफ़्ते भर बाद वह अनिच्छा से ऊपर-नीचे आ-जा रहा था तभी उसे परिचित क़दमों की आहट सुनाई पड़ी। उसकी ख़ुशी का ठिकाना न रहा जब उसने अपनी कामुक कल्पनाओं की स्त्री पारुल को आते देखा। उसने कहा कि उसे अपने माता-पिता के घर में अच्छा नहीं लग रहा था, इसलिए वह ज़ल्दी लौट आई है। यह खुला निमंत्रण था। सरोज भागता हुआ उसके पास पहुँचा और उसे अपने बेडरूम में ले गया। सरोज उसके ऊपर कूद पड़ा, लेकिन उसने भी अधिक प्रतिरोध नहीं किया और ऐसा लगा कि वह भी संभोग का आनन्द ले रही है। सरोज चरमोत्कर्ष पर पहुँचा तो अति-आनन्द में अपनी आँखें बन्द कर ली। जब उसने आँखें खोली तो देखा कि वह पारुल के बग़ल में नहीं बल्कि स्थूल, बदसूरत देह वाली मीना के बग़ल में लेटा हुआ है। सरोज को उल्टी जैसा महसूस हुआ और वह बिस्तर से कूद पड़ा। मीना उठी और उसकी ओर रेंगती हुई बढ़ने लगी। उसकी पूरी खुली भूखी आँखें सरोज के गुप्तांगों पर टिकी हुई थी और बाहर निकली कामुक जीभ से वासना टपक रही थी।

किचिन की विशेषताएँ

- एक भूतनी।
- पुरुषों को यौन सम्बन्ध के लिए बहकाती है और उनका वीर्य चुरा लेती है।
- आमतौर पर घातक नहीं।
- बिहार में पाई जाती है।

मलंडू

पश्चिमी घाटों पर साँझ को घोंसलों में लौटते पंछियों के पंखों पर सवार होकर आती है। गहरी हरी पर्वत श्रृंखला हवाओं में गूँजती है। दूर कहीं प्रकाश की क्षीणता एक और दिन के अन्त का संकेत देती है।

किसी पहाड़ी की चोटी से मलंडू नाम का भूत बच्चों को खेलते देखता है। बच्चों से कहा गया था कि शाम छह बजे से पहले घर लौट आएँ नहीं तो मलंडू उनका नाम छीन लेंगे। कहा जाता है कि मलंडू सफ़ेद घोड़े पर सवार होकर रात के समय आता है और शरारती बच्चों को उठा ले जाता है। स्वाभाविक रूप से, बच्चे हमेशा समय पर घर वापस आ जाते थे और शाम के बाद कभी बाहर नहीं निकलते। रात के समय बच्चों को कहानी सुनाते उनके अभिभावक बताते कि इस भूत की बड़ी मूँछें और लंबे बाल होते हैं और वह जूते पहने रहता है। कोई बच्चा शाम को घर लौटता तो वह खिड़की से घोड़े को सरपट दौड़ते हुए सुन और देख सकता था।

यह कोयंबटूर की एक कहानी है जिसमें एक बच्चे ने एक घुड़सवार

को अपनी ओर आते देखा। वह बहुत डर गया जब उसे समझ में आया कि यह कोई डाकू है जिसके पास बन्दूक भी है। वह अपने पिता को जगाने ही वाला था कि उसने देखा कि असल घुड़सवार ने डाकू को उसके घोड़े से पकड़ लिया है। जैसे ही वह घुड़सवार ग़ायब होने वाला था कि उसका सिर पूरे 360 डिग्री बच्चे की ओर घूमा और अपनी लाल आँखों से उसे घूरते हुए वह चिल्लाया कि सो जाओ।

मलंडू की विशेषताएँ

- एक भूत जो अवज्ञाकारी, विशेष रूप से देर तक घर से बाहर रहने वाले बच्चों को उठा ले जाता है।
- दक्षिण भारत में पाया जाता है।

मोहिनी

मोहिनी शब्द की उत्पत्ति संस्कृत के एक श्लोक 'मायां अशितो मोहिनीम' से हुई है, जो भगवान विष्णु के एक अवतार का वर्णन करता है। मोहिनी नारी सौंदर्य की प्रतिमूर्ति है; वह अकेली शक्ति है जो महादेव को विचलित कर सकती है।

मोहिनी का वर्णन पहली बार महाभारत में मिलता है जब असुरों ने देवताओं को उनका उचित हिस्सा दिए बिना अमृत ले लेने की कोशिश की थी। विष्णु ने मोहिनी रूप धारण कर सभी असुरों का ध्यान अपनी ओर आकर्षित किया और अमृत पात्र लेने में सफल रही। जब मोहिनी देवताओं को अमृत बाँट रही थी तो राहु नाम के एक असुर ने भी वेश बदलकर अमृतपान कर लिया। चंद्र और सूर्य देवता ने उसे पहचान लिया और विष्णु को सूचित किया, जिन्होंने राहु का सिर काट दिया। लेकिन तब तक अमृत उसके गले तक पहुँच चुका था जिससे उसका सिर अमर हो गया था। राहु का सिर अभी भी अन्तरिक्ष में भटक रहा है और सूर्य एवं चंद्रमा को निगलने की कोशिश करता है। यह क्रिया चंद्र और सूर्य

ग्रहण का कारण बनती है।

मोहिनी को अक्सर चमकदार, लंबे बालों वाली एक सुन्दर स्त्री के रूप में चित्रित किया जाता है। कभी-कभी उसकी गोद में एक बच्चा भी होता है और वह रात में सड़कों पर भटकती है। उसे न पहचान पाने वाला कोई गाड़ी चालक यदि उसे मदद देने के लिए रुकता है, तो वह गाड़ी में सवार हो जाती है और बार-बार 'मोहिनी-मोहिनी' दुहराती रहती है। बाद में वह गाड़ी चालक अर्ध-विक्षिप्त या पूरी तरह से विक्षिप्त रूप में पाया जाता है।

मोहिनी की विशेषताएँ

- दिव्य मोहक स्त्री, भगवान विष्णु का एक अवतार।
- देखने में असाधारण रूप से सुन्दर।
- अपने शिकार को पागल कर देती है।
- दक्षिण भारत में उसके क़िस्से प्रचलित हैं।

मुँहनोचवा

हमारे ब्रांड का नया चेहरा है—मीनाक्षी!

मीनाक्षी शाम से बीसियों बार यह वीडियो क्लिप देख चुकी थी। उसे कॉल-पर-कॉल आए जा रहे थे और मैसेजेज़ से उसके इनबॉक्स भर गए थे। वह समारोह डिनर के ठीक बाद सभागार से बाहर निकली तो आधी रात हो चुकी थी। वह उन सभी हस्तियों का अभिवादन करती आगे बढ़ रही थी जो इस प्रसिद्ध ब्रांड के नए मॉडल के रूप में उसे साइन किए जाने के लिए बधाइयाँ दिए जा रहे थे। वह इस पेशे के सलीक़े को समझती थी। उसे सही समय पर सही लोगों के संपर्क में बने रहने का हुनर बनाए रखना था।

अपनी छत से क्षितिज को देखना हमेशा उसकी पसन्दीदा चीज़ों में से एक रहा था। शहर के एक छोर से दूसरे छोर तक फैले क्षितिज को देखना उसके लिए अपने सपने को कानपुर से आगे फैलते हुए देखने जैसा था। अब जब वह शहर की टॉप मॉडल बन गई थी, उसे मुंबई जाने के बारे में सोचने की ज़रूरत थी। जब सबसे बड़ी मॉडलिंग एजेंसी के मालिक

द्वारा उपहार में दिए गए इस अपार्टमेंट में वह रहने आई तो जानती थी कि उसका जीवन ज़ल्द ही बदलने वाला है। उसे बस अपने मध्यवर्गी संकोच को दूर करने और इस उद्योग के तौर-तरीक़ों को अपनाने की ज़रूरत थी।

उसने अपनी आँखें बन्द कर लीं और चेहरे पर ताज़ी हवा को महसूस करने लगी। हवा ठंडी थी, शायद सामान्य से कुछ अधिक ठंडी। उसे एक सिहरन सी महसूस हुई और वह मुस्कुराई। उसे अक्सर तब सिहरन होती थी जब उसका चेहरा दिखाते बड़े-बड़े बैनर पूरे सभागार को रोशन कर देते थे। उसने फिर से वीडियो क्लिप देखने का फ़ैसला किया। उसने अपना सेल फ़ोन उठाया, लेकिन फेस रिकग्निशन फीचर के साथ फ़ोन अनलॉक नहीं हुआ। वह मुस्कुराई। अब जबकि पूरे शहर ने उसका चेहरा पहचान लिया तो उसका फ़ोन ऐसा करने से क्यों मना कर रहा है? उसने पासकोड का उपयोग कर इसे अनलॉक किया और एक सिगरेट जलाते हुए फिर से क्लिप देखना शुरू कर दिया। लाइटर की लौ उसके चेहरे पर बहुत गर्म महसूस हुई। या शायद ठंडी हवा ने उसकी त्वचा को अधिक संवेदनशील बना दिया था। वह क्लिप देखती रही।

क्या उसे अब बुख़ार आ रहा था? उसके शरीर को आसपास की ठंडी हवा में तो ठंडक महसूस हो रही थी, लेकिन उसका चेहरा अभी भी जैसे जल रहा था। अगले दिन ही उसका पहला शूट था और अभी बीमार पड़ना सही नहीं होगा! उसने नीचे जाकर कुछ दवाएँ लेने का फ़ैसला किया।

"शहर का चेहरा, हाँ! अच्छा लग रहा है?"

आख़िरकार रवि ने उसे मैसेज किया। ख़ुशी के इन लम्हों के दौरान मीनाक्षी ने सोचा था कि इस समय रवि क्या सोच रहा होगा। एक धोखेबाज एक्स बॉयफ्रेंड के बारे में सोचने का शायद यह अच्छा समय

नहीं था, लेकिन जब से उसने कानपुर छोड़ा था तब से उसका चेहरा उसके मन में अटका रह गया था। उसने मुंबई में उसके संघर्षों के बारे में सुना था और उसे कुछ संतुष्टि हुई थी।

"हाँ, यह शानदार शाम रही।" वह और भी बहुत कुछ लिखना चाहती थी लेकिन यह सही समय नहीं था।

'वाह! मुझे तुम पर गर्व है मीनाक्षी!'

"सच में, अब?"

'कम ऑन, डार्लिंग! मुझे अब भी लगता है कि तुम दुनिया की सबसे ख़ूबसूरत स्त्री हो। अब तुम्हारा चेहरा तो शहर में हर जगह होगा, क्या सिर्फ़ मेरे लिए मुझे एक तस्वीर मिल सकती है?'

मीनाक्षी के चेहरे पर लाली आ गई, लेकिन इस बार यह बुख़ार के कारण नहीं था। उसे याद आया कि उसका शर्माना रवि को कितना पसन्द था। उसने उसे एक सेल्फी भेजने का फ़ैसला किया। उसे पीछे शहर का क्षितिज भी दिखे तो अच्छा। उसने फ्रंट कैमरा ऑन किया और उसे अपने चेहरे के सामने रखा। अचानक वह ज़ोर से चीखी और फ़ोन उसके हाथ से गिर गया।

वह हाथ किसका था? उसने काँपते हुए हाथों से फ़ोन उठाया और फ्रंट कैमरा सामने किया। एक दुबला जर्ज़र काला हाथ उसके चेहरे पर था। उसने इसे अपने चेहरे से हटाने की कोशिश की। जब उसने छूने की कोशिश की तो हाथ काले धुएँ की तरह बिखर गया। उसने फिर हाथ का आकार लिया और उसके चेहरे को ढक लिया। भय से उसका दिल बेतहाशा धड़कने लगा। वह छत से भागी और सीढ़ियों पर गिरते-गिरते बची। उसने अपने अपार्टमेंट के लिए व्याकुलता से लिफ्ट का बटन दबाया। जैसे ही वह अन्दर आई, अपने चेहरे और पूरे सिर पर पानी के

छींटे मारने के लिए बेसिन की ओर भागी। पानी के ठंडे छींटे ने जलन को कुछ कम कर दिया। उसने बेहतर महसूस किया और चेहरा पोंछने के लिए तौलिया लिए आईने के पास गई। उसने आईने की ओर देखा तो वहीं जमकर रह गई। अब उसका कोई चेहरा ही नहीं था। जहाँ उसका चेहरा था, वहाँ अब केवल नथुने और दो उभरी हुई आँखें ही बची थीं।

मुँहनोचवा की विशेषताएँ

- देर रात हमला करता है।
- किसी व्यक्ति का चेहरा चुरा लेता है।
- जान नहीं लेता।
- कानपुर के आसपास इसके क़िस्से मिलते हैं।

मुनि पेई

मुनि एक भूत है जो अच्छा या बुरा हो सकता है। कुछ संस्कृतियों में इसकी पूजा की जाती है और कुछ लोग इससे डरते हैं। कुछ ग्रंथों में, जैसे ऋग्वेद या मरिअम्मन थलट्टू (विभिन्न देवताओं के संदर्भ सहित देवी मरिअम्मन को समर्पित एक लोरी) में मुनियाडी या मुंनियाडी को रक्षक देवदूत कहा गया है जो लोगों को बुराई और बीमारियों से बचाते हैं। वे या तो जन्म के समय ही मुनि बन जाते हैं, या अधिकांश मामलों में जब किसी अत्यंत आध्यात्मिक ऋषि, राजा या विद्वान व्यक्ति की मृत्यु होती है तो उनकी आत्मा मुनि की स्थिति धारण कर लेती है। मुनियों की पूजा देवताओं के साथ की जाती है और वे भगवान शिव या महादेव और उनकी अर्द्धांगिनी 'शक्ति' से संबद्ध हैं।

'कंदा सष्टि कवचम'* जैसे ग्रंथ बुरी मुनि आत्माओं को प्रकाश में लेकर आए। इन प्राणियों को पूँछ, नुकीले दाँत और मोटी मूँछों के साथ

* उन्नीसवीं शताब्दी के दौरान भगवान मुरुगन के भक्त देवराय स्वामीगल द्वारा तमिल में रचित एक हिन्दू भक्ति गीत।

भयंकर रूप में वर्णित किया गया है। ये बच्चों को और लोगों को खाते हैं, काले जादू की शक्ति रखते हैं, अपने मुँह से आग उगलते हैं। कभी-कभी उनकी शक्तियों की तुलना ब्रह्मराक्षस (अध्याय 1 देखें) से की जाती है।

मलेशिया और सिंगापुर में गुरुक्कल जैसे कुछ स्रोतों का मानना है कि राजा दक्ष के यज्ञ को बाधित करने के लिए भगवान शिव के मुँह से सप्त मुनि उत्पन्न हुए। वायु पुराण जैसे अन्य ग्रंथों से स्पष्ट होता है कि मुनियाडी या मुनियों का दक्ष के यज्ञ से कोई सम्बन्ध नहीं था।

बेहद शक्तिशाली अलौकिक आत्माएँ 'वीरन' को अक्सर मुनियों में गिना जाता है। उदाहरण के लिए, मन्दिरों में 'मदुरै वीरन' की पूजा की जाती है ताकि ग्रामवासियों को बीमारियों और विपत्तियों से नुक़सान न पहुँचे।

मुनियों के लिए नश्वर, स्वर्गीय और नारकीय आयामों के बीच यात्रा करने के लिए वृक्षों को पथ या प्रवेश द्वार के रूप में देखा जाता है। कभी-कभी वे वृक्षों के अन्दर निवास भी करते हैं। बरगद, ताड़ और अंजीर के वृक्षों को मुनियों के प्रतीक के रूप में पूजा जाता है। वृक्षों के अलावा, पत्थर और मूर्तियाँ भी इन रक्षक आत्माओं की प्रतीक हैं और उन्हें संतुष्ट रखने के लिए उनकी पूजा की जाती है।

मुनि पेई की विशेषताएँ

- अच्छा या बुरा हो सकता है।
- एक अलौकिक आत्मा।
- तमिल संस्कृति में व्यापक रूप से इनकी पूजा की जाती है।

परी

परी फ़ारसी मूल की एक आत्मा है। पश्चिमी दुनिया की 'फ्रेरी' का एक रूप 'परी' दक्षिण एशियाई देशों में बेहद लोकप्रिय है। परियाँ अच्छी और बुरी दोनों होती हैं। 'बुरी' होने का अर्थ यह नहीं है कि वे मनुष्यों के लिए हानिकारक हैं, बल्कि यह है कि वे शरारती होती हैं। परियों की हानिकारक उपप्रजाति 'दिव' या 'दैवा' नाम से जानी जाती है।

परियाँ नर और मादा, दोनों रूपों में पैदा होती हैं और बेहद ख़ूबसूरत मानी जाती हैं। परियों की फ़ारसी अवधारणा तुर्की और अर्मेनियाई पौराणिक कथाओं में शामिल हो गई और लोगों के गमन के साथ उनकी कहानियाँ इस्लामी संस्कृतियों में धीरे-धीरे रिसती गईं और धार्मिक प्रभाव के अन्तर्गत विकसित हुईं।

परियों की कुख्यात प्रवृत्ति के कारण परियों को स्वर्ग में प्रवेश की अनुमति नहीं है। इसके बजाय, उन्हें स्वर्ग तक पहुँचने से पहले शुद्ध होने के लिए जीवन भर अच्छा काम करना होता है या फ़रियाद करना पड़ता है। फ़ारसी कथाएँ इन पौराणिक प्राणियों को ज़्यादातर प्रेम, रोमांस और

सुन्दरता को दर्शाने वाले परिदृश्यों से जोड़ती हैं।

फ़ारसी ब्रह्मांड विज्ञान में बर्फीले पहाड़ों में स्थित परिस्तान को उनका वास स्थान बताया गया है। माउंट क़ाफ़ के आसपास की घाटी में रहने वाली युवा, सुन्दर और गोरी स्त्रियाँ, विशेष रूप से जिनके बाल सुनहरे हों और आँखों की रंगत हल्की हो, भी परी कही जाती हैं।

कुछ स्त्रोतों के अनुसार, माना जाता है कि परियाँ केवल मादा होती हैं, नर नहीं। वे प्रकृति का अनादर करने वाले शिकारियों को दंडित करती हैं। वे अपने सामाजिक आयोजनों के लिए बच्चों का अपहरण भी करती हैं और इस प्रकार मनोवैज्ञानिक और शारीरिक दोनों तरह के परी-मानव सम्बन्धों की प्रकृति निर्मित करती हैं।

परी की विशेषताएँ

- आमतौर पर एक परोपकारी आत्मा।
- अत्यंत सुन्दर और शरारती।
- रोमांस से संबद्ध।
- फ़ारसी मूल की, लेकिन पूरे एशिया में उसके क़िस्से पाए जाते हैं।

पोटाचुन्नी

गर्मियों की दोपहर में भीषण गर्मी से बचने के लिए रूमी उस कमरे में चली जाती जो घर के बाकी हिस्सों से हमेशा ठंडा होता था और वहीं वह रानी के साथ समय बिताती। जब से वह और अशोक इस छोटे से शहर में रहने आए थे, रूमी अपने दम पर ही सब संभाल रही थी। इस विशाल बंगले को बेहद कम किराए पर पाकर अशोक बेहद ख़ुश हुआ था। रूमी के लिए अकेले घर के सारे काम-काज देखना कठिन होने लगा तो उन्होंने रानी को काम पर रख लिया।

रानी के प्रसन्न स्वभाव और सादगी के कारण रूमी उसे शुरू से ही पसन्द करने लगी थी। नौकरानी के साथ समय बिताना कुछ अजीब तो लगता था, लेकिन शादी के तुरंत बाद ही अपनी सहेलियों से दूर हो गई रूमी को एक सहेली की ज़रूरत थी। रानी उसकी सब बातें धैर्य से सुनती और हमेशा सही तरीक़े से प्रतिक्रिया देती। अशोक के अनुचित रवैये पर वह रूमी के प्रति सहानुभूति भी रखती। ज़ल्द ही, रूमी अपनी शादी-शुदा ज़िंदगी की कठिनाइयों सहित अपनी सब बातें रानी को बताने

लगी। रानी उसके लिए सहानुभूति जताती और उसी ने उसे सिखाया कि कैसे सेक्स करने से मना कर वह अपने पति को नियंत्रित कर सकती है। समय गुज़रने के साथ रूमी ने पाया कि नौकरानी द्वारा सुझाई गई यह चाल कम से कम उसके प्रेम सम्बन्ध के मामले में बेहद कारगर है। वह और उसका पति बेडरूम में ख़ासकर एक-दूसरे के अधिक क़रीब हो गए थे। कई बार उसे आश्चर्य होता कि रानी को ये सब दाँव-पेंच कैसे पता हैं, जबकि न तो वह शादी-शुदा है, न ही उसके कोई प्रेम सम्बन्ध रहे हैं। वह आकर्षक नहीं थी; साँवले रंग और हमेशा बहती नाक के साथ उसके प्रति किसी पुरुष का आकर्षित होना कठिन ही था। कई बार उसे रानी के सुझावों को मानने के लिए अपराधबोध भी होता। पति के साथ उसके उत्तेजक सम्बन्ध पर क्या रानी को ईर्ष्या नहीं होती होगी!

कभी-कभी उसे लगता कि पति के साथ उसके रिश्ते से रानी जलती है। कभी वह यह सोचकर उत्तेजित महसूस करती कि रानी उसके पति के साथ अपने यौन और रोमांटिक जीवन की कल्पना करती होगी। कई बार वह सोचती कि रानी की-होल से उसे और अशोक को सेक्स करती देखती होगी।

एक रात जब वह सेक्स कर रही थी, तब किसी के द्वारा देखे जाने का एहसास इतना तेज़ हुआ कि उसने यह कल्पना भी कर ली कि वह एक बहती नाक वाली औरत को उसके कमरे में झाँकती हुई देख रही है। वह इतनी विचलित हुई कि उसने अशोक को अपने ऊपर से धक्का दे हटा दिया। अशोक ने उसे शान्त करने की कोशिश की, लेकिन रूमी क्षुब्ध बनी रही। वह इस बारे में रानी से पूछने के लिए सुबह होने का इन्तज़ार करती रही।

रानी ने स्वीकार कर लिया कि भारी उत्सुकता के कारण वह उन्हें

देखने की कोशिश कर रही थी। रूमी अशोक को यह समझा सकने के लिए ख़ुद को तैयार नहीं कर सकी कि रानी क्यों उत्सुक थी। ऐसा एक-दो बार और हुआ। रूमी को रानी के कमरे में अपने सामान भी कभी-कभार मिलने लगे, जैसे उसकी साड़ी या फिर पिछली रात के अंडरगारमेंट्स, या फिर उसके कॉस्मेटिक्स। एक बार जब उसने रानी को अपनी शंखा चूड़ी, जिसे उसने लॉकर में सुरक्षित रखा हुआ था, पहने पकड़ लिया तो उसके सब्र का बाँध टूट पड़ा और अशोक को रानी की उत्सुकता के बारे में सब बातें बता दी। जहाँ उसने रानी की मदद माँगी थी, उस हिस्से को छुपाते हुए उसने अशोक से कहा कि शायद रानी उसके जैसा जीवन जीने के लिए बेताब है और इसी से सब समस्याएँ हो रही हैं। अशोक ने उसकी बातों पर अधिक ध्यान नहीं दिया और मामले को टाल दिया।

रूमी ने रानी से कह दिया कि उसे कुछ दिनों में यहाँ से जाना होगा, जिस पर रानी बस मुस्कुराई और मान गई। रूमी अपने पति के साथ घर से बाहर अधिक समय बिताने लगी। रातें अब पहले सी मज़ेदार नहीं थीं, लेकिन उसने सोचा कि एक बार यह औरत यहाँ से चली जाए तो सब ठीक हो जाएगा। उसे यह कल्पना कर बड़ा चैन मिला कि कैसे वह रानी को घर से बाहर निकालेगी और उसके चेहरे पर दरवाज़ा बन्द कर देगी। उस रात रूमी चैन की नींद सोई।

वह उठी तो उसे सर्दी सी महसूस हो रही थी और उसका सर भारी था। अँधेरे कमरे में उसे सिहरन सी हुई और उसे एहसास हुआ कि वह अपने कमरे में नहीं है। वह झटके से उठकर बैठी तो कुछ चिपचिपा से उसकी नाक से बहा। हाथ के पिछले हिस्से से उसने पोंछने की कोशिश की तो हाथ में चिपके मोटे कफ को देख थर्रा उठी। फिर उसने महसूस किया कि उसने अपने हाथों में शंखा चूड़ी पहन रखी है। उसे याद नहीं

आया कि उसने पिछले रात इन्हें कब पहना था। उसने चारों ओर देखा। यह रानी का कमरा था। उसका दिल ज़ोर से धड़क उठा और वह तेज़ी से मुख्य बेडरूम की ओर आगे बढ़ी। दरवाज़ा अधखुला था। रानी उसके बिस्तर पर अशोक की बाँहों में बाँहे डाले सो रही थी।

पोटाचुन्नी की विशेषताएँ

- एक प्रकार की शंखचुन्नी।
- उसकी नाक हमेशा बहती रहती है।
- जब कोई विवाहित स्त्री अधूरी इच्छाओं के साथ मर जाती है तो वह इस भूत में बदल जाती है।
- लोगों की जान लेती है।
- बंगाल में इसके क़िस्से सुने जाते हैं।

प्राप्ति

पहला : तुम्हें कितना समय लगा था?

दूसरा : लगभग एक घंटा। लेकिन यह इतना समय नहीं लेगा।

पहला : उसके लिए अच्छा है। हालाँकि वह डरा हुआ नज़र आ रहा है। क्या तुम्हें लगता है कि वह अभी भी बचा हो सकता है?

दूसरा : बिल्कुल नहीं। देखो कैसे उसने अपने हाथ पीठ के पीछे बाँध रखे हैं। वह जानता था कि वह अन्त में अपनी हिम्मत खो सकता है, इसलिए उसने पहले ही तैयारी कर ली थी।

पहला : ऐसा ज़रूर उसने किया होगा। वह जानती थी कि इसमें हमेशा साहस की कमी रही थी। मैं कभी नहीं समझ सका कि वह इस आदमी को बर्दाश्त कैसे कर लेती थी।

दूसरा : सवाल यह नहीं है कि कैसे, बल्कि क्यों? नाराज़ मत हो, लेकिन तुम वास्तव में कभी उसकी ज़रूरतों को पूरा ही नहीं कर सके, है न? जब तुम ऑफिस में प्रमोशन के पीछे भाग रहे थे तो वह अकेलापन महसूस करते छत ताकते रातें गुज़ार रही

थी। उसके अकेलेपन को तुमने कभी गंभीरता से नहीं लिया।

पहला : और तुम अभी भी ऐसा मानते हो? मुझे ख़ूब पता है कि अगर वह छत देखते जाग रही थी तो इसका मतलब है कि कोई उसे पूरा सुख दे रहा होगा... कभी-कभी वह तुम भी थे!

दूसरा : ठीक है, लेकिन कम से कम मैंने उसका साथ देने की कोशिश तो की थी...

पहला : और अब वह कहाँ है? क्या तुम्हें लगता था कि वह तुम्हारा साथ देगी? बिल्कुल इस बेवक़ूफ़ आदमी की तरह जो सब ख़त्म होने के बाद भी सोचता है कि वह इसके साथ इस कमरे में खड़ी होगी...

दूसरा : शायद हमें अभी चलना चाहिए और इन्तज़ार करना चाहिए कि यह दिल टूटने के इस झटके से उबर सके। तुम्हें याद है कि वह जिम इंस्ट्रक्टर हमें देखकर कैसे घबरा गया था?

पहला : पति को देखकर डर जाना उसकी पुरानी आदत थी। क्या तुमने आज उसे फ़ोन किया था?

दूसरा : हाँ, उसे अब भी लगता है कि वह उसे ढूँढती हुई आएगी।

पहला : हालाँकि हमारे लिए वह उपयोगी साबित हुआ। उसी ने हमें इस आदमी के बारे में जानकारी दी। तुम इसके बारे में क्यों नहीं जानते थे? तुम तो अपने बचपन की दोस्त के बारे में सब कुछ जानने का दावा करते थे!

दूसरा : जिम वाले आदमी के बारे में मैंने ही तुम्हें बताया था। मुझे दोष मत दो, ख़ुद तुम इसका पता क्यों नहीं लगा सके? तुम तो पाँच वर्षों से उसके पति थे और तुम्हें शक भी हुआ तो सिर्फ़ मुझ पर जो उसके बचपन का दोस्त था!

पहला : हाँ, लेकिन मैं सही साबित हुआ! मुझे उस पर कई बार शक हुआ। लेकिन कोई भी सही दिमाग़ का आदमी यह संदेह कैसे कर सकेगा कि जब भी उसे लगता है कि उसकी पत्नी उसे धोखा दे रही है, तो हर बार वह एक अलग मर्द के साथ होती है?

तीसरा : क्या तुमने उसे देखा है?

पहला : अह! मसलमैन। आओ, स्वागत है।

दूसरा : नहीं, हमारे आने से पहले ही वह चली गई होगी।

पहला : उदास मत हो! हमें और मौक़े मिलेंगे।

तीसरा : प्लीज़, ऐसा मत कहो। पहले से ही इतना गड़बड़ मचा है।

पहला : तुम्हें शर्मिंदगी महसूस हो रही है, है न? लड़कियाँ तुम्हारे लिए अपनी जान देने को तैयार होती थीं। अब कैसा लग रहा है?

दूसरा : क्या तुम किसी और के बारे में जानते हो? क्या उसने तुम्हें अपने बारे में और कुछ बताया है?

तीसरा : हमने कभी ज़्यादा बात नहीं की...

पहला : बेशक! बात करने में समय क्यों बर्बाद करोगे!

तीसरा : ...वह कभी-कभी एक आदमी के साथ जिम आती थी और वह घंटों रिसेप्शन लाउंज में उसका इन्तज़ार करता रहता था। तब मुझे थोड़ा संदेह होना शुरू हुआ कि चल क्या रहा है।

पहला : मिस्टर मसल्स, तुम सही में मूर्ख ही हो यदि तुम्हें यह समझने में इतनी देर लगी कि यह औरत ख़तरनाक है और इस पर भरोसा नहीं कर सकते।

दूसरा : ओह प्लीज़, तुम्हारी बुद्धि सबसे कमज़ोर है। अगर तुम्हारे पास थोड़ी सी भी बुद्धि होती तो देख लेते कि तुम दोनों के

बीच दूरी बढ़ रही है।

पहला : अच्छा! और तुमने क्या किया? तुम तो जैसे उसके दिल के आरपार देख पा रहे थे! उसे और मर्दों की ज़रूरत क्यों पड़ी जब तुम उसके साथ थे ही? क्योंकि कुछ लोग बस भटकते रहते हैं बिना यह जाने कि वे किस चीज़ की तलाश में हैं। तुम तो कवि हो; जानते हो कि कविता ने ऐसे लोगों को 'सीकर्स' के रूप में कैसे महिमामंडित किया है। लेकिन सच्चाई यह है कि वे बस भ्रमित लोग होते हैं, जो धीरे-धीरे आसपास के सभी लोगों के लिए हानिकारक बन जाते हैं।

दूसरा : फिर तुमने ऐसा क्यों किया? यदि तुम जानते थे कि वह कभी भी तुम्हारे साथ नहीं रहने वाली थी, चाहे वह कुछ भी कहती हो, तो फिर तुमने उसके शब्दों पर भरोसा क्यों किया? जब उसने आत्महत्या की तो तुम जैसे टूट गए थे। लेकिन वह फिर लौटी और तुम्हें बहला लिया जैसे बाकी लोगों को बहलाया था...

पहला : तुम मनोविज्ञान को समझने वाले व्यक्ति हो, ज़रा देखो उसके सब शिकारों को, यह आदमी, शारीरिक शक्ति और आत्म-विश्वास से भरा हुआ; और यह दूसरा आदमी जो अभी भी साँस लेने के लिए संघर्ष कर रहा है,एक पत्रकार था। उसमें ऐसी चालबाज़ी थी कि अपनी घृणित गतिविधियों के बाद भी विश्वास दिलाने में सफल रहती थी कि उसे वाकई पश्चाताप हो रहा है। उसने मेरे सामने नींद की गोलियों की बोतल ले रखी थी और मुझसे एक आख़िरी मौक़ा देने के लिए कहा था। मैं उसे कैसे मना कर सकता था?

दूसरा : जब हम बच्चे थे तब हमने उस नदी में तैरना सीखने की कोशिश की और असफल रहे। वह जानती थी कि मैंने तैरना कभी नहीं सीखा। मैं अन्दर कूदता उससे पहले उसने कहा था कि हम वहीं से शुरुआत करेंगे जहाँ बचपन में पहली बार हम असफल हुए थे।

तीसरा : ठीक है, ठीक है, मैं समझ गया हम सभी कई तरह से असफल हुए हैं। क्या कोई पाँचवाँ आदमी भी है, अगर है तो किसी हादसे से पहले इस औरत को रोकने का हमारे पास अभी एक मौक़ा है।

चौथा : उसने पहले ही पाँचवें को मार डाला है। मैंने उसकी मदद की थी। यह उसका रिश्ते का भाई था। मैंने उससे कहा कि मैं उसके इस 'इन्सेस्ट' (परिवार के अन्दर यौन सम्बन्ध) सम्बन्ध का पर्दाफाश कर दूँगा और वह इससे घबरा गया। मुझे संतोष है कि मुझे उसे अपना हाथ काटते हुए नहीं देखना पड़ा।

प्राप्ति की विशेषताएँ

- एक स्त्री भूत।
- हर उस व्यक्ति पर हमला करती है जिसके साथ उसका प्रेम या यौन सम्बन्ध होता है।
- आत्महत्या कराकर जान लेती है।
- अपने जीवन में कई रिश्तों में उलझी हुई कोई भ्रमित स्त्री जब आत्महत्या कर लेती है, तो वह इस भूत में बदल जाती है।
- पश्चिम बंगाल में उसके क़िस्से प्रचलित हैं।

पूतना

पूतना एक राक्षसी थी जिसे भगवान कृष्ण के मामा कंस ने उनकी हत्या के लिए भेजा था। पूर्वजन्म में असुर राजा बलि की पुत्री का नाम रत्नमाला था। उसने भगवान विष्णु के एक अन्य अवतार वामन को एक बार स्तनपान कराया था। इसके लिए भगवान विष्णु ने रत्नमाला को वरदान दिया था। राक्षसी के रूप में अपने पुनर्जन्म पर पूतना उस वरदान को भूल चुकी थी।

वह एक सुन्दर युवती का छद्म रूप धारण कर कृष्ण के गृहनगर पहुँची। माता यशोदा ने पूतना को कोई गोपी समझ लिया और उसे बाल कृष्ण को अपनी गोद में उठाने और स्तनपान कराने की अनुमति दे दी। लेकिन कृष्ण को पता था कि वह उसे मारने आई है और उसके स्तनों में ज़हर लगा हुआ है। इस कथा के कई संस्करण पाए जाते हैं। कुछ कहानियों में पूतना के दूध को ही ज़हरीला बताया गया है जबकि कुछ अन्य में बताया गया है कि माता यशोदा ने उसे कृष्ण को गोद लेने नहीं दिया था। इन कथाओं के अनुसार पूतना रात के अँधेरे में आई थी और

बच्चे को चुरा ले गई थी।

पूतना के इरादे से अवगत बाल कृष्ण ने दूध पीते हुए उसके स्तनों से उसके प्राण भी चूस लिए। कहा जाता है कि ऐसा कर कृष्ण ने पूतना के शरीर को सभी पापों से मुक्त कर दिया। कृष्ण को दूध पिलाने के कारण वह भी कृष्ण की उपमाता के रूप में प्रतिष्ठित हुई और उसे भी स्वर्ग में वही स्थान प्राप्त हुआ जो यशोदा को मिला।

कुछ स्रोतों में कहा गया है कि कृष्ण ने केवल पूतना के नश्वर शरीर का वध किया और उसकी आत्मा को मुक्त कर दिया। पूतना को एक राक्षसी के रूप में दर्शाया गया है जो बच्चों की रक्षा करती है; इसके साथ ही वह एक पुजारिन या योगिनी के रूप में भी वर्णित है। एक अनाम चिकित्सा ग्रंथ में पूतना को रावण की सोलह बहनों में से एक बताया गया है जो नवजात बच्चों का भक्षण करती थी।

पूतना को बचपन में होने वाली उन बीमारियों से जोड़कर भी देखा जाता है जिनसे बच्चों की मृत्यु हो सकती है। कई प्राचीन भारतीय ग्रंथों में बच्चों की विभिन्न रोगों से रक्षा के लिए पूतना की पूजा करने की सलाह दी गई है। दिलचस्प है कि कृष्ण ने ज्वर नामक एक राक्षस से भी युद्ध किया था जिसके नाम का अर्थ बुख़ार होता है।

पूतना की विशेषताएँ

- एक राक्षसी; असुर राजा बलि की बेटी।
- भगवान कृष्ण को मारने की कोशिश की लेकिन उनके द्वारा मारी गई।
- नवजात बच्चों के लिए ख़तरनाक मानी जाती है।

पुवाली

'तो, आप बस अभ्यास करते रहते हैं?'

'हाँ, प्रति दिन!'

'सभी प्रकार की मिठाइयाँ जो शहर में उपलब्ध हैं?'

'सभी प्रकार की।'

आफ़रीन ने अपने नोटपैड में ज़ल्दी से सब दर्ज कर लिया। यह कहानी उसके अंदाज़े से कहीं अधिक दिलचस्प होती जा रही थी। पत्रिका के लिए फ़ूड-ब्लॉगिंग असाइनमेंट लेते हुए शुरू में वह कुछ संशय में थी। लेकिन पारंपरिक भारतीय खाद्य पदार्थों की तलाश में हर बार जब वह किसी नए स्थान पर गई तो पाया कि प्रत्येक भारतीय व्यंजन का अपना एक अनूठा इतिहास था। असम में जब वह अपनी अनूठी मिठाइयों के लिए प्रसिद्ध एक गाँव में गई तो उसकी मुलाक़ात एक दिलचस्प बूढ़ी औरत से हुई। स्थानीय हलवाइयों ने उसे वहाँ के कुछ प्रसिद्ध व्यंजनों की जननी बताया। भले ही यह उसकी कहानी का ध्येय नहीं था, आफ़रीन उस औरत के साथ उसके जीवन के बारे में बोलते-बतियाते काफ़ी समय

बिताने लगी। वह एक बड़े, पुराने घर में कुछ नौकरों के साथ रहती थी जो वर्षों से उसके प्रति वफ़ादार थे और अपना सारा समय हर तरह की प्रसिद्ध मिठाइयाँ बनाने में बिताती थी, जिन मिठाइयों की उत्पत्ति इसी गाँव में हुई थी।

वह उदार थी और उसने अपने कुछ बेहतरीन व्यंजनों की पेशकश आफ़रीन को भी की। उसने आफ़रीन के लिए मिठाइयाँ बनाईं। हालाँकि, मिठाई की इस दावत के बारे में कुछ था जो अजीब था। उसने प्रत्येक तरह की मिठाई सिर्फ़ एक-एक बनाई और अपवाद के रूप में मिठाई का बस एक नमूना था जो दो की संख्या में बनाई गई थी। जब उसने सारी मिठाइयाँ बना लीं तो उन्हें एक ट्रे में सजा दिया और आफ़रीन को खाने के लिए आमंत्रित किया। वह ठूँस कर खा ले, तब भी मिठाइयाँ बहुत अधिक थीं, इसलिए उसने बुढ़िया से पूछा कि शेष बची मिठाइयों का क्या होगा।

'ये सारी मिठाइयाँ कहाँ जाती हैं? आप ये सारी मिठाइयाँ अकेले तो नहीं खा सकतीं!'

'कहीं भी नहीं!'

इन शानदार मिठाइयों के भाग्य को जानकर आफ़रीन को दुख हुआ। इस बात ने उसे इस बूढ़ी औरत के बारे में और भी उत्सुक बना दिया था। वह प्रत्येक दिन उसकी और कहानियाँ सुनने को आती रही कि कैसे उसका शहर के सबसे अमीर और सबसे कुशल हलवाई से विवाह हुआ, या कब उसका बेटा यू.के. गया और कभी वापस नहीं लौटा, या कब उसके पति की मृत्यु हो गई और वह अपनी सभी व्यंजन विधियाँ उसे सौंप गया। आफ़रीन उसकी आवाज़ में एक अकेलेपन को महसूस कर सकती थी। संभव था कि मिठाइयाँ बनाने का यह सब व्यर्थ प्रयास अपने प्रियजनों के लिए कुछ करने की उसकी इच्छा थी। लेकिन इस व्यर्थ श्रम

के प्रति उसके मन में कोई खेद नहीं था; बल्कि उसे सुनकर लगता कि यह सबसे अच्छा काम था जो वह इस समय कर सकती थी।

शायद एक पत्रकार होने के कारण वह कुछ ज्यादा ही उत्सुक थी, लेकिन आफ़रीन इस रहस्यमयी औरत और उसकी अजीबोग़रीब मिठाई बनाने की दिनचर्या से अपना ध्यान नहीं हटा सकीं। सारी मिठाइयाँ जाती कहाँ हैं? उसने निकटतम सुविधाजनक स्थान से उसके घर पर नज़र रखा। उसने रसोई की खिड़की से प्रत्येक रात को उस औरत को मिठाई बनाते और उन्हें विभिन्न ट्रे में सजाते देखा। फिर सभी ट्रे को खिड़की के पास छोड़कर वह किचन की लाइट बन्द कर देती थी। एक रात आफ़रीन ने यह देखने के लिए कुछ अधिक देर तक नज़र बनाए रखने कि सोची कि शायद बुढ़िया वापस लौटती हो। लेकिन बुढ़िया वापस नहीं आई। निराश होकर वह आधी रात तक इन्तज़ार करती रही। जब कोई उम्मीद नहीं बची थी, तभी उसे अपने पीछे हल्के क़दमों की आहट सुनाई पड़ी। चौंककर वह पीछे मुड़ी तो उस बूढ़ी औरत को अपनी ओर आते हुए देखा।

उस औरत ने कुछ देर उसकी आँखों में देखा, फिर इशारा किया कि वह चुपचाप उसके पीछे आए। जब वे घर के अन्दर पहुँचे तो वह पहली मंज़िल की खिड़की की ओर आगे बढ़ी। वहाँ से उसने रसोई की खिड़की की ओर इशारा किया जहाँ चाँद की रोशनी में खिड़की से मिठाई लेते हुए एक लड़के की छोटी, मोटी, सफ़ेद आकृति नज़र आ रही थी।

पुवाली की विशेषताएँ

- एक बच्चा भूत।
- रसोई से मिठाई चुराता है।
- एक मुक्त आत्मा।
- पूरी तरह से हानिरहित।
- असम में उसके क़िस्से पाए जाते हैं।

प्याचापेची

'वहाँ! अब दिख रहा है?'

'नहीं, मुझे नहीं दिख रहा। प्रवीण, प्लीज़ रहने दो इस चिड़िया-विड़िया का चक्कर!'

'नहीं, मैं तो पक्का इसका पीछा करने वाला हूँ।'

बिमल ने उत्सुकता से इधर-उधर देखा। यह तीसरी बार था जब उसे प्रवीण नज़र नहीं आ रहा था। वे ऊबड़-खाबड़ रास्ते पर एक मोड़ के क़रीब पहुँचने वाले थे जब उससे आगे चल रहा प्रवीण मोड़ के पास कहीं ग़ायब हो गया। रास्ते में चारों तरफ़ घने जंगल उगे हुए थे। उसे प्रवीण को अभी ढूँढना था, जबकि उसकी टॉर्च की बैटरियाँ ख़त्म हुई जा रही थीं और उसका प्रकाश मंद होता जा रहा था। इस बार वह प्रवीण की पत्नी के सामने क्या बहाने बनाएगा! उसे पता था कि वह और अधिक संदेह करेगी यदि उसने कहा कि उसका पति जंगल में घुसते ही उसकी नज़रों के सामने से ग़ायब हो गया।

उसने बिमल को स्टेशन से वापस लौटते समय प्रवीण पर नज़र

बनाए रखने के लिए कहा था। आमतौर पर जंगल के रास्ते स्टेशन से घर पहुँचने में पैदल पंद्रह मिनट ही लगते थे, लेकिन हर गुज़रते दिन के साथ प्रवीण अधिक से अधिक समय लेने लगा था। उसकी पत्नी ने बताया था कि शुरू में वह तीस मिनट की देरी से आता था, लेकिन धीरे-धीरे और देर करने लगा। पिछले कुछ दिनों से वह एक घंटे से अधिक की देरी करने लगा था। अपनी चिंताओं को दूर करने के लिए प्रवीण की पत्नी ने प्रवीण के क़रीबी दोस्त और सह-यात्री बिमल को वापस आते समय उस पर नज़र बनाए रखने को कहा था। प्रवीण ने बिमल को चुपके से यह बता दिया था कि घर के रास्ते में एक उल्लू उसका पीछा करता है, लेकिन बिमल यह अजीब कहानी प्रवीण की पत्नी को नहीं बता सका। वह घर के रास्ते में उसके साथ लौटने को तैयार हो गया था, लेकिन यह तीसरी बार था कि जंगल में प्रवेश करने के कुछ ही क्षणों में उसने प्रवीण को खो दिया था।

हताश होकर उसने चारों ओर देखा। वह जंगल में जितना अन्दर जा रहा था, ठंडक उतनी ही बढ़ती जा रही थी। एक हल्की सी ठंडक ने उसकी रीढ़ में सिहरन उत्पन्न कर दी। भले ही यह सुनने में अजीब लगे, लेकिन वह बार-बार पीछे मुड़कर देख रहा था। थोड़ी देर बाद उसने हार मानकर प्रवीण को ढूँढना छोड़ दिया और जितनी ज़ल्दी हो सकता था जंगल से बाहर निकल गया। वह प्रवीण के घर के पास की चाय की दुकान पर इन्तज़ार करने लगा और लगभग एक घंटे बाद प्रवीण को आते हुए देखा। इससे पहले कि वह कुछ बोल पाता, प्रवीण सीधा उसके पास पहुँचा।

'कहाँ ग़ायब हो गए थे?'—बिमल ने पूछा।

'क्या मतलब? हम साथ ही तो थे?'

'हाँ, लेकिन थोड़ी देर बाद तुम ग़ायब हो गए थे। किधर गए थे?'

'तुमने अपना रास्ता खो दिया होगा! मैं तो उल्लू के पीछे चल रहा था, उसे रास्ता मालूम है।'

'प्रवीण, एक बात बताओ! यह पक्षी तुम्हारे पीछे आता है या तुम इस पक्षी के पीछे जाते हो?'

प्रवीण कुछ असहज सा लग रहा था। उसने कहा कि वह आगे अधिक सावधान रहेगा।

अगले दिन प्रवीण घर लौटा ही नहीं। उसकी पत्नी ने बिमल को एक बेकार दोस्त होने के लिए जमकर कोसा। बिमल को भी ख़ुद पर बहुत गुस्सा आया कि उसने अपने दोस्त पर नज़र नहीं रखी। आधिकारिक शिकायत और पुलिस खोज के बावजूद प्रवीण का कुछ पता नहीं चला।

प्रत्येक दिन स्टेशन से घर वापस लौटते समय जब बिमल जंगल से होकर गुज़रता तो उसे अपनी रीढ़ में एक झुनझुनी सी महसूस होती। इस जगह कुछ तो गड़बड़ थी और वह जितनी तेज़ी से चल सकता था, उतनी तेज़ी से आगे बढ़ गया।

'आपको आज इतना समय क्यों लगा?'—उसकी पत्नी ने पूछा।

'क्या मतलब? आज तो मैं ज़्यादा तेज़ चला हूँ!'

'झूठ मत बोलो। कल तो तुम बीस मिनट देर से आए थे, आज लगभग आधा घंटा हो गया है। कहाँ गए थे?'

'कहीं नहीं, मैं तो उल्लू के पीछे चल रहा था, उसे रास्ता मालूम है।'

प्याचापेची की विशेषताएँ

- एक उल्लू भूत जो यात्रियों को रास्ता भटका देता है।
- जब वे रास्ता भटक जाते हैं तो यह उन्हें मार देता है।
- इसकी कहानियाँ बंगाल में प्रचलित हैं।

शाकिनी

अराधना की तांत्रिक शाखा में डाकिनी, हाकिनी, काकिनी, लाकिनी, राकिनी और शाकिनी स्त्री शक्ति या ऊर्जा के छह स्रोत हैं।

शाकिनी की जड़ें शैव मत या शैववाद में गहनता से अन्तर्निहित हैं। शाकिनी योगिनीचक्र की छह योगिनियों में से एक है। वे 'कला अध्ययन' से भी जुड़ी हुई हैं, जो देवी-चक्र का एक अंग है। कुछ लोग मानते हैं कि शाकिनी की उत्पत्ति महारुद्र के शरीर से हुई है। ताज़े पुष्प की पंखुड़ियों पर पश्चिम की ओर मुख रख शाकिनी की पूजा की जानी चाहिए। वे दुर्गा और शिव की परिचारिका हैं।

शाकिनी का जो रूप विचित्र होता है, उसमें उसका सिर बिल्ली या शेर का होता है, उसकी आठ भुजाएँ होती हैं और उसका रंग धूम्रमय राख-सा होता है।

शाकिनी की अवधारणा शाखिनी, शंखिनी और अन्ततः बंगाली लोककथाओं में वर्णित शंखचुन्नी जैसे कई रूपों में विकसित हुई है। कहा जाता है कि शाकिनी की उत्पत्ति दानवों का रक्त पीने के

एकमात्र उद्देश्य से हुई थी। देवी पार्वती और दानव अंधकासुर के बीच युद्ध के दौरान दानव के शरीर से धरती पर गिरते रक्त की हर बूँद से एक और दानव उत्पन्न हो जाता था, इसलिए शाकिनी का सृजन किया गया ताकि रक्त के धरती के संपर्क में आने से पहले ही वह हर बूँद को गटक ले।

शाकिनी की गिनती बत्तीस यक्षिणियों या यक्षियों में भी की जाती है और वह लोगों को वस्त्र, भोजन और धन का सौभाग्य प्रदान करने वाली संरक्षक आत्मा है। वह भविष्यद्रष्टा होती है और शायद ही कभी यौन क्रियाओं में भाग लेती है।

बंगाली साहित्य में शंखचुन्नी की उत्पत्ति शंखिनी से हुआ बताया गया है। ये उन स्त्रियों की भटकती हुई आत्माएँ हैं, जिनकी सांसारिक इच्छाओं की पूर्ति या विवाह से पहले ही अप्राकृतिक कारणों से मृत्यु हो जाती है। ये अपने हाथ में शंखा की बनी चूड़ियाँ पहनती हैं, इसलिए शंखिनी पुकारी जाती हैं।

उनके तन पर गमछा या लाल-सफ़ेद साड़ी लिपटी रहती है। काला रंग, बाहर निकली हुई आँखें, काली जीभ, छड़ी से पतले हाथ-पैर, लटके हुए स्तन, बाहर निकला हुआ या गड्ढानुमा पेट उनकी सामान्य शारीरिक विशेषताएँ हैं। वे मनुष्यों के शरीर पर क़ब्ज़ा कर सकती हैं, उनका ख़ून पीती हैं या उन्हें पागल कर देती हैं।

यद्यपि किसी भी मूल स्रोत में शंखिनियों के दुर्गुणों या बुरे कृत्यों के बारे में कुछ नहीं कहा गया है, लेकिन भारत से लेकर मलेशिया तक विभिन्न लोककथाओं और परंपराओं में उन्हें विभिन्न प्रकार की बुरी शक्तियों और इच्छाओं से जोड़कर देखा गया है।

शाकिनी की विशेषताएँ

- एक भुतनी।
- उनका सिर बिल्ली या शेर का होता है।
- असामयिक मृत्यु या विवाह-पूर्व मृत्यु का शिकार हुई औरतों का भूत।
- कभी परोपकारी, कभी दुष्ट।
- बंगाल में उसके क़िस्से कहे-सुने जाते हैं।

शंखचुन्नी

गिरिबाला अपने जीवन विकल्पों को लेकर हमेशा निश्चिंत रही थी। यहाँ तक कि उसके जीवन में जब कोई हादसा हुआ, जैसे जब उसकी बहू चूर्णी की मौत हो गई, तो इसे भी उसने महज जीवन के एक दुर्भाग्यपूर्ण मोड़ के ही रूप में ही देखा जहाँ उसका कोई ज़ोर नहीं चल सकता था। साँवली कमज़ोर सी चूर्णी ने जब उसे लगातार लंबे समय तक अत्यधिक मासिक रक्तस्राव के बारे में बताया तो गिरिबाला ने उसे ही कोसा कि ये उसके अतीत के दोषों का परिणाम है, जबकि इसका कोई सबूत उसके पास नहीं था। उसका बेटा राजीव अपनी नई दुल्हन के साथ बेहद ख़ुश लग रहा था और उसके साथ काफ़ी समय बिताता था। गिरिबाला को ज़ल्द ही एक पोते की उम्मीद थी, लेकिन ऐसा हुआ नहीं। चूर्णी हर गुज़रते दिन के साथ बीमार और कमज़ोर होती जा रही थी, हालाँकि इससे पति या सास ने उसे ज़रा भी आराम न दिया था। रक्त बहते रहने से अन्तत: एक दिन जब उसकी मौत हो गई, तब भी उन्होंने उसे ही कोसा कि वह शादी और बहू के रूप में सही चुनाव नहीं थी।

एक स्वस्थ नई दुल्हन के रूप में जब रंजना परिवार में शामिल हुई तो गिरिबाला को उम्मीद थी कि उसका बेटा पहले से अधिक ख़ुश रहेगा। लेकिन जब उसने सुहागरात की अगली सुबह बेटे को बग़ीचे में परेशान टहलते देखा तो उसे चिंता हुई। उसके बाद वह बार-बार उसे निराश सा घर के आस-पास घूमते हुए देखने लगी। रंजना अन्य कई बातों में भी किसी काम की नज़र नहीं आती थी। हर दूसरे दिन कुएँ से पानी भरते समय अपना शंखा चूड़ी तोड़ लेती। दर्जन भर जोड़ियाँ तोड़ लेने के बाद गिरिबाला ने उसे शंखा पहनने से मना ही कर दिया। लेकिन अगली शाम गिरिबाला ने जब उसे कुएँ से पानी खींचते हुए देखा तो चाँदनी में उसके हाथ में फिर एक सफ़ेद शंखा चूड़ी चमकती हुई नज़र आई। वह शिकायत लेकर सीधे अपने बेटे के पास गई, लेकिन राजीव चुप रहा। जब रंजना अन्दर आई तो उसके हाथ में कोई शंखा चूड़ी नहीं थी। उसने कसम खाकर कहा कि उसने फिर से शंखा नहीं पहना।

गिरिबाला ख़ुद को सही साबित करने के मौक़े का इन्तज़ार करने लगी। ज़ल्द ही, एक दिन उसने अपने कमरे की खिड़की से देखा कि उसके हाथ में शंखा है जिसे उसने अपनी साड़ी के पल्लू के नीचे छिपा रखा है। देर रात हो रही थी, फिर भी वह कुएँ की मुंडेर पर बैठी हुई थी। अब वह समझ रही थी कि उसका बेटा इस औरत के साथ ख़ुश क्यों नहीं है। रात के इस समय पति का साथ छोड़कर यहाँ आ बैठने की उसकी हिम्मत कैसे हुई! वह ग़ुस्से में सीढ़ियों से उतरते नीचे आई और सीधे उनके कमरे की ओर आगे बढ़ी। जब उसने धक्का देकर दरवाज़ा खोला तो उसकी हैरानी का ठिकाना न रहा; उसने रंजना को गहरी नींद सोये देखा, जबकि राजीव वहाँ नहीं था। आधी रात को कुएँ की मुंडेर पर बैठी रहने वाली ऐसी असंवेदनशील पत्नी से तंग आ गया होगा बेचारा!

लेकिन गिरिबाला आसानी से हार मान लेने वालों में से नहीं थी। अगली रात दोनों के अपने कमरे में जाने के बाद उसने बाहर से चुपचाप दरवाज़ा बन्द कर दिया। बेचैनी के साथ वह खिड़की से बाहर देखती हुई इन्तज़ार करती रही। आधी रात के ठीक बाद उसने उसे फिर से कुएँ की मुंडेर पर बैठे हुए देखा। उसने घूँघट से अपना सिर थोड़ा बाहर निकाला और गिरिबाला की खिड़की की ओर देखा। अचानक वह डर गई। हाथ में चमकते शंखा के साथ इस काली, दुबली आकृति में कुछ तो ग़लत था! यह आकृति नीचे के कमरे में बन्द उस स्वस्थ औरत से तो बिल्कुल मेल नहीं खाती।

अचानक नीचे से दरवाज़ा पीटने की तेज़ आवाज़ आई। गिरिबाला नीचे की ओर भागी। उसने राजीव को अपने कमरे के अन्दर से चिल्लाते हुए और पागलों की तरह दरवाज़ा पीटते हुए सुना। काँपते हाथों से उसने दरवाज़ा खोला तो वह पीछे के दरवाज़े से घर से बाहर भागा। उसने अपनी माँ की ओर देखा तक नहीं। शोर से जग गई रंजना अनजान सी और नींद से भरी हुई बिस्तर पर बैठी थी। गिरिबाला सीधे उसके पास गई।

'तुम्हारी समस्या क्या है? वह रात में तुम्हारे साथ क्यों नहीं रहता? तुम उसे खुद को छूने क्यों नहीं देती?'—गिरिबाला अपने ग़ुस्से पर काबू नहीं रख पाई।

'वह सेक्स नहीं करना चाहता। उसे छुए जाने से घृणा होती है! आप यह सब जानती हैं, और नहीं चाहतीं कि मैं कभी रात में उसे ढूँढ़ने बाहर निकलूँ।' रंजना ने काँपती हुई आवाज़ में जवाब दिया।

अब गिरिबाला अपना आपा खो चुकी थी। उसे पक्का यक़ीन था कि यह औरत बातें बना रही है। घूँघट के नीचे का वह चेहरा अब भी उसके ज़ेहन में कौंध रहा था। उसने रंजना को अपने बिस्तर से खींचा और उसे

बग़ीचे की ओर ले जाने लगी।

'उसने कहा कि मुझे उसे खोजने की कोशिश नहीं करनी चाहिए, उसने ही कहा कि यह ख़तरनाक हो सकता है!'—रंजना गिड़गिड़ाती रही। लेकिन गिरिबाला ने उसकी मिन्नतों पर कोई ध्यान नहीं दिया।

'अगर तुम अपने पति को अपने कमरे में नहीं रख सकती तो वापस मत आना।'—उसने उसके चेहरे पर दरवाज़ा बन्द कर दिया।

पूरी रात गिरिबाला जागती रही। बार-बार खिड़की से बाहर देखती रही। उसे कुछ भी असामान्य नहीं दिखा। आख़िरकार अगली सुबह वह सो गई और जब जगी तो पति-पत्नी को सामान्य कार्यों में व्यस्त पाया। उसने फिर कभी उस रात के बारे में ज़िक्र नहीं किया और ऐसा लग रहा था कि वे भी इस घटना को भूल गए हैं। उसे कुएँ की मुंडेर पर फिर कभी वह आकृति नहीं दिखी और गिरिबाला को संतुष्टि हुई कि उसका बेटा आख़िरकार अब रंजना के साथ था और ख़ुश था।

एक रात उसने फिर से अपनी खिड़की से रंजना को देखा जो कुएँ की मुंडेर पर अपना शंखा तोड़ रही थी और उन्माद से हँस रही थी। भय से पसीने-पसीने हुई गिरिबाला नीचे की ओर भागी। जब उसने अपने बेटे के कमरे का दरवाज़ा खोला तो देखा कि राजीव बिस्तर पर पड़ा था और घूँघट में ढँकी एक दुबली सी आकृति उसके बगल में बैठी थी। शंखचुन्नी धीरे-धीरे उसका गला घोंट रही थी। उसकी आँखें बाहर निकल रही थीं। शंखचुन्नी ने अपना सिर गिरिबाला की ओर घुमाया, बिस्तर से उतरी और फ़र्श पर ख़ून का निशान छोड़ती रेंगती हुई आगे बढ़ी। घूँघट के अन्दर से दो जलती हुई आँखें झाँक रही थीं। उसके हाथ की शंखा चूड़ियाँ के फ़र्श पर रगड़ खाने से कर्कश आवाज़ निकल रही थी।

शंखचुन्नी की विशेषताएँ

- एक कंकालनुमा, काले रंग की भूतनी।
- इससे मुठभेड़ घातक हो सकती है।
- अपने शिकार को भारी पीड़ा देकर मारती है।
- जब पति के जीवित रहते किसी विवाहित हिन्दू महिला की मृत्यु हो जाती है तो वह यह भूत बन सकती है।
- उन लोगों से प्रतिशोध लेने की इच्छा रखती है जिनका उनकी मौत से कोई भी लेना-देना हो।
- बंगाल में उसके क़िस्से प्रचलित हैं।

शीकोल बुड़ि

दिन के उजाले और एकदम शान्त दोपहर में, जब कोई संदेह भी नहीं कर सकता कि तालाबों के नीले पानी के नीचे कुछ छिपा है, तब शीकोल बुड़ि आनन्द से मुस्कुरा रही होती है। अपनी लंबी बाँहें फैलाए वह प्रतीक्षा में रहती है कि कोई अंजान शिकार पानी में उतरे और उसके जाल में फँस जाए।

शीकोल बुड़ि या जलपिशाची ऐसी किसी औरत की आत्मा होती है जो अपनी अतृप्त इच्छाओं के साथ डूबकर मर गई और उन लोगों से प्रतिशोध लेना चाहती है जिन्हें अपने दुर्भाग्य के लिए दोषी मानती है। प्रायः शीकोल बुड़ि उन औरतों की आत्मा होती है, जिन्होंने अपने उम्रदराज पतियों या प्रेमियों के दुर्व्यवहार से तंग आकर पानी में कूदकर आत्महत्या कर ली। कुछ वैसी औरतें भी इस दुष्टात्मा में बदल सकती हैं, जिन्हें अवांछित गर्भावस्था के बाद उनके प्रेमियों द्वारा पानी में धकेलकर मार डाला गया और वे प्रतिशोध लेना चाहती हैं। उनके लंबे बाल होते हैं जो हमेशा गीले रहते हैं, क्योंकि वे पानी में रहती हैं और उनकी आँखों

में पुतली नहीं होती। कभी-कभी शीकोल बुड़ि को घनी रात में पेड़ों पर बैठे हुए देखा जा सकता है, लेकिन प्राय: वे पानी के अन्दर ही रहती हैं।

वे पुरुषों को लुभाकर तालाब या नदी के बीच में ले जाती हैं, उनके पैरों को अपने लंबे उलझे हुए बालों से बाँध देती हैं और उन्हें वैसे ही डूबाकर मार देती हैं, जैसा कि उनके साथ हुआ था। कभी-कभी वह आदमी का रूप धारण कर लेती है और अपने शिकार के साथ संभोग करती हैं और उन्हें अपने प्रति शाश्वत प्रेम की शपथ दिलाती है। यदि वह पुरुष अपना वादा निभाने में विफल रहा तो अपने असल रूप में आ जाती है और उसे नदी के तल में खींच ले जाती है।

इन मिथकीय प्राणियों के अस्तित्व के पीछे कुछ मनोवैज्ञानिक स्पष्टीकरण भी तलाशे जा सकते हैं। शीकोल बुड़ि का अस्तित्व में होना औरतों के साथ दुर्व्यवहार करने वाले और उनकी हत्या करने वाले पुरुषों के लिए एक चेतावनी है कि उनसे प्रतिशोध लिया जा सकता है। इस दुष्टात्मा की अवधारणा उम्रदराज़ पुरुषों द्वारा कम आयु की स्त्रियों की कामना को भी हतोत्साहित करती है जो पुराने समय में बेहद सामान्य प्रवृत्ति रही थी।

शीकोल बुड़ि की विशेषताएँ

- एक प्रतिशोधकामी स्त्री आत्मा।
- तालाबों और झीलों में पाई जाती है।
- इससे मुठभेड़ घातक हो सकती है।
- बंगाल में पाई जाती है।

सिला

सिला या स'ला एक प्रकार की भुतिनी है, जो पूर्व-इस्लामी अरब में अस्तित्व में रही थी। अरब की संस्कृति में डायन या चुड़ैलों को सिला के रूप में जाना जाता है। उन्हें कभी-कभी जिन्न और कभी-कभी गुल (ghul) या पिशाच के रूप में भी देखा जाता है।

सिला रेगिस्तान में और निर्जन, अँधेरी जगहों में पाई जाती है। वे मोहक औरतों का रूप धारण कर लेती हैं और पुरुषों को बहकाती हैं। वे यात्रियों और खानाबदोशों को अपने बसेरे की ओर लुभा ले जाती हैं और उनकी जान ले लेती हैं। सिला मनुष्यों के साथ यौन सम्बन्ध बना सकती हैं और उनके बच्चे को जन्म दे सकती हैं। कहा जाता है कि वे सोते हुए पुरुषों के साथ भी संभोग कर सकती हैं।

मान्यता है कि रत्न और मंत्र पढ़े हुए ताबीज़ों को धारण कर सिला के प्रभाव से बचा जा सकता है।

सिला की विशेषताएँ

- अरबी संस्कृति में पाई जाने वाली स्त्री आत्मा, जिसकी अवधारणा का प्रसार भारत में भी हुआ है।
- इससे मुठभेड़ घातक हो सकती है।
- रेगिस्तान और निर्जन क्षेत्रों में पाई जाती है।

सक्यूबस

सक्यूबस और इनक्यूबस एक प्रकार के भूत-प्रेत हैं। ये स्त्री या पुरुष किसी भी रूप में हो सकते हैं, जो मानव और दुष्टात्मा के बीच यौन सम्बन्धों की कल्पनाओं पर आधारित हैं। परिभाषा के अनुसार, सक्यूबस एक चुड़ैल है जो पुरुषों को अपनी यौन कल्पनाओं के आगे झुकने को मजबूर कर देती है। 'सक्यूबस' (Succubus) शब्द लैटिन शब्द 'Succubare' से व्युत्पन्न है, जिसका शाब्दिक अर्थ है 'नीचे लेटे होना'—यानी यह एक सेक्सुअल पोजीशन का संकेत देता है, जहाँ पुरुष नीचे और स्त्री ऊपर होती है। मध्ययुगीन किंवदंतियों और महाकाव्यों में पहले-पहल उनका वर्णन प्राप्त होता है। आधुनिक संदर्भों में, सक्यूबस शब्द का प्रयोग हमेशा सपनों में आने वाली और संभोग करने वाली चुड़ैल के लिए ही नहीं होता, बल्कि कभी-कभी इसका उपयोग अपने रूप से बहका देने वाली या यौन रूप से आकर्षक औरतों के संदर्भ में भी किया जाता है।

सक्यूबस के साथ यौन सम्बन्ध बनाने से सभी धार्मिक ग्रंथ मना करते हैं। सक्यूबस के साथ सेक्स का आनन्द लेने वाला कोई भी व्यक्ति या

तो तुरंत मर जाता है या धीरे-धीरे और पीड़ादायक मौत का शिकार होता है। सक्यूबस के यौन अंगों के साथ मुख मैथुन विशेष रूप से ख़तरनाक माना गया है।

कभी-कभी 'स्लीप पैरालिसिस' की व्याख्या के लिए सक्यूबस की अवधारणा का सहारा लिया जाता है। ये भूत-प्रेत अपने शिकारों के अवचेतन में प्रकट होते हैं, ख़ासकर अगर वे डार्क सेक्सुअल फैंटेसी रखते हों, और उन्हें भय से जमा देते हैं।

सक्यूबस की विशेषताएँ

- एक स्त्री आत्मा।
- अपने शिकार के साथ संभोग कर उसे मारती है।
- भारत भर में उसके क़िस्से मिलते हैं।

उल्कामुखी

ग्रीष्म की एक सुन्दर शाम फूलों-सजी एक कार मुखर्जी मैन्शन के सामने आकर रुकी। नवविवाहितों के स्वागत में शंख बजाए गए और अन्य शुभ अनुष्ठान किए गए। हालाँकि जश्न का अधिकांश भाग दिखावा या स्वाँग भर था क्योंकि यह एक लेन-देन की शादी थी; अधेड़ आयु के अमीर व्यक्ति प्रताप मुखर्जी की शादी गाँव की रहने वाली 19 वर्षीया सुन्दर युवती शिखा से होने का विचित्र अवसर था। नौकर-चाकर इसके बारे में गप्पें मार रहे थे और उत्सव भी उनकी अप्रसन्नता को छिपा न सका था।

मुखर्जी लोग हमेशा से धनी रहे थे। लेकिन प्रताप जब स्कूली छात्र था तभी उसके पिता की मृत्यु हो गई थी और पारिवारिक समृद्धि को आघात लगा था, क्योंकि उसे अत्यधिक लाड़-प्यार करने वाली माँ ने उस पर होने वाले किसी भी आवश्यकता से अधिक या अंधाधुंध खर्च पर कोई अंकुश नहीं लगाया था। हालाँकि, बाद में परिवार को फिर बड़ी मात्रा में धन प्राप्त हुआ जब प्रताप का विवाह एक धनी परिवार की कन्या से हुआ, जिसकी शादी के कुछ वर्षों बाद ही एक दुखद दुर्घटना में उस

पत्नी की मृत्यु हो गई।

यह शादी बेमर्ज़ी से कर रहा था। जब एक बार वह अपनी ज़मींदारी के गाँव की यात्रा के दौरान शिखा की सुन्दरता से आकर्षित हो गया तो उसने उसके साथ जबर्दस्ती की थी। प्रताप ने सोचा कि वह एक और गाँव की लड़की का बलात्कार करके बच निकलेगा, लेकिन वह ग़लत था। इस बार गाँव वाले उस लड़की और एक वकील के साथ उसकी हवेली पर आ धमके और उससे कहा कि उसे इस लड़की से शादी करनी होगी वरना वह बेहद अप्रिय परिणाम भुगतने को तैयार रहे। कोई चारा न पाकर उसे शादी के लिए राज़ी होना पड़ा था।

जब वे घर के अन्दर आए तो ग़ुस्से में उफनता हुआ प्रताप मुखर्जी सीधा अपनी माँ के कमरे में गया और वहीं खड़ा रहा। वह अकेली ऐसी थीं जो उसकी परेशानियों से सहानुभूति रखती थीं।

उस रात प्रताप मुखर्जी द्वारा बलात्कार की शिकार हुई शिखा बर्बाद सी महसूस कर रही थी। उसने कई बार अपना जीवन समाप्त कर लेने के बारे में सोचा था, ख़ासकर तब जब उसे पता चला कि वह उसके बच्चे के साथ गर्भवती है, लेकिन इसका मतलब यह होता कि वह नीच आदमी अपने गुनाहों के साथ बच निकलता। उसके पिता एक साहसी व्यक्ति थे जिन्होंने गाँव वालों को मुखर्जी का सामना करने के लिए लामबन्द किया था। अब जब वह मुखर्जी एस्टेट के बड़े घर के चारों ओर घूम सकती थी तो उसे एक हारी हुई लड़ाई को जीत सकने का कुछ संतोष था। बलात्कारी के साथ विवाह की हृदयविदारक वास्तविकता के बावजूद, वह कुछ हद तक संतुष्ट थी कि यह धन, यह समृद्धि एक दिन उसके बच्चे की होगी।

प्रताप मुखर्जी एक सोची-समझी योजना तैयार कर अपनी माँ के कमरे से रात के समय बाहर आया। वे इस बात को बर्दाश्त नहीं कर

सकते थे कि निचली जाति की यह औरत उनके एस्टेट की महारानी बने या उसके बच्चे को इसका उत्तराधिकार प्राप्त हो। क़ानूनी तौर पर वह प्रताप के अजन्मे बच्चे के लिए संपत्ति का दावा कर सकती थी, इसलिए उससे छुटकारा पा लेना ही उन्हें सबसे अच्छा उपाय नज़र आ रहा था।

रात में जब वह अपने शयनकक्ष में दाखिल हुआ तो दुल्हन अपने चेहरे पर घूँघट खींचे हुए बिस्तर पर बैठी थी। दुल्हन के रूप में सजी इस महिला के दुस्साहस पर उसने अपने अन्दर हास्य की एक लहर महसूस की। वह जानता था कि उसे क्या करना है। खिड़कियाँ बन्द करते हुए वह उसके क़रीब गया और उससे कहा, 'क्या तुम्हें लगता है कि यह इतना आसान होगा? तुम और तुम्हारा कपटी गाँव? क्या तुम्हें ऐसा लगा कि मुखर्जी परिवार को अपमानित करने का कोई परिणाम नहीं होगा?'

वह चुप बैठी रही तो उसका बोलना जारी रहा- 'कई लोगों ने हमें नीचे गिराने की कोशिश की, लेकिन हमने इस साम्राज्य को एक सदी से सँभाले रखा और तुम्हारा नीच खून कभी इसका हिस्सा नहीं हो सकता।'

उसके हाथ में मिट्टी के तेल की बोतल थी। 'अपना घूँघट हटाओ। मुझे एक आख़िरी बार उस चेहरे को देखने तो दो जिसने सोचा कि वह प्रताप मुखर्जी को नीचा दिखा सकता है।'

औरत ने धीरे से अपना घूँघट हटाया। प्रताप मुखर्जी चीख पड़ा। उसका संतुलन बिगड़ा और वह डगमगा कर दीवार से जा टकराया। वह उस आधे जले हुए चेहरे को अभी भी पहचान सकता था।

'तुम...लेकिन कैसे? तुम तो मर चुकी थी, यहीं इसी कमरे में!'

औरत उसे देखकर मुस्कुराई।

'सही। तुमने और तुम्हारी माँ ने मेरी पारिवारिक संपत्ति हथियाने के लिए विवाह की योजना बनाई थी और मेरे पिता द्वारा तुम्हें अपनी संपत्ति

सौंपने के बाद तुमने मुझे यहाँ ज़िंदा जला दिया। तुम्हारी माँ तुम्हारे जीवन में कभी भी किसी दूसरी औरत को नहीं आने देगी, है न? क्या तुमने सोचा था कि तुम किसी दूसरी लड़की के साथ फिर वही कृत्य दुहराओगे?'

'तुम चाहती क्या हो?'—उसने हकलाते हुआ पूछा।

'तुम्हारे मरने के बाद यह लड़की और इसका बच्चा इस संपत्ति के मालिक होंगे।' वह उसके क़रीब आई, 'तुम और अब अधिक जीवन नष्ट नहीं कर पाओगे प्रताप मुखर्जी!'

ऐसा कहते उसने अपना मुँह खोला तो आग की एक लहर बाहर निकली और केरोसिन की बोतल को अपनी चपेट में ले लिया जो प्रताप के चेहरे पर फट पड़ी। उसकी मौत बहुत दर्दनाक थी।

इस शोर से बग़ल के कमरे में सोई शिखा की नींद खुल गई, लेकिन उसने प्रताप मुखर्जी के कमरे में जाकर देखने की कोई कोशिश नहीं की बल्कि एक दूसरे कमरे में जाकर सोने का फ़ैसला किया। अँधेरे में उसने अपनी खिड़की के पास दुल्हन के कपड़े में एक औरत को देखा। वह शिखा की ओर देख उदासी से मुस्कुराई और धीरे-धीरे पीली चाँदनी में पिघलती ग़ायब हो गई।

उल्कामुखी की विशेषताएँ

- एक भूतनी।
- वह अपना मुँह खोलती है तो उससे आग निकलती है।
- अगर किसी औरत को ज़िंदा जला दिया जाए तो वह उल्कामुखी बन जाती है।
- इससे मुठभेड़ जानलेवा हो सकता है।
- उसके क़िस्से बंगाल में प्रचलित हैं।

युगिनी

युगिनी एक घातक और विचित्र अलौकिक प्राणी है। यह बंगाली लोककथाओं में वर्णित भूतों की 'पेटनी' श्रेणी में शामिल है। युगिनी किसी भी मानव या पशु का रूप धारण कर सकती है या मानव आँखों के लिए अदृश्य बनी रह सकती है। यह आमतौर पर ग्रीष्म की चिलचिलाती दोपहरी में गेहूँ के सुनसान खेतों में भटकती रहती है। अगर कोई अभागा पथिक उनसे टकरा जाए तो उसे तेज़ बुख़ार हो जाता है और पागलों की तरह अंट-शंट बुदबुदाने लगता है।

अपने असल रूप में युगिनी एक सिररहित प्राणी है, जिसकी आँखें उसके स्तन में चमकती रहती हैं। इनका रूप अधेड़ उम्र की स्त्रियों जैसा बताया जाता है, जिनके स्तन उनके कमर तक नीचे लटके रहते हैं।

हिन्दू पौराणिक कथाओं में युगिनी को शीतला माता की सेविका बताया गया है, जिन्हें चेचक रोग की देवी माना जाता है। कहा जाता है कि जब क्रोधित शीतला माता किसी गाँव को चेचक का श्राप देती हैं तो इन युगिनियों को बीमारी फैलाने के लिए भेज दिया जाता है और उनका पुरस्कार होता है

उन लोगों के सड़ते शरीर की दावत जो इस बीमारी से मर जाते हैं।

युगिनियों के जादू के प्रतिकूल प्रभावों को उलटने के कई धार्मिक तरीके हैं। ओझा-गुनी लोग युगिनियों से क्षमा याचना के लिए या उनका आशीर्वाद पाने के लिए मंत्रोच्चारण करते हैं। पर्वतीय क्षेत्रों के आसपास की कुछ परंपराओं में युगिनियों का अनुग्रह पाने के लिए लोग काली मुर्गियों की बलि देते हैं।

युगिनी की विशेषताएँ

- एक स्त्री आत्मा।
- इससे मुठभेड़ घातक होती है।
- बंगाल में इनकी मान्यता और क़िस्से प्रचलित हैं।

●●●

आभार

वे सब जो प्रतिदिन मुझसे मिलते हैं, वे सब जो अब हमारे साथ नहीं हैं, वे सब जिन्होंने मुझे जीवन का पाठ दिया और वे सब जिन्होंने मुझे मृत्यु के आगे देखने के लिए प्रोत्साहित किया—उन सभी ने इस कृति के सृजन में, और कहना न होगा कि मैं जो कुछ भी पाने में सक्षम हुआ हूँ, में उन्होंने भूमिका निभाई है। मैं अपने शिक्षकों, शुभचिंतकों और उन सभी लोगों का शुक्रगुज़ार हूँ जिन्होंने मेरी सफलता की कामना की है। जब यह वर्णन करने की बात आती है कि मैं अपनी माँ के समर्थन के लिए कितना आभारी हूँ, तो शब्द मुझे विफल कर देते हैं। उन्होंने न केवल मेरे लेखन और शोध में मेरी मदद की, बल्कि सर्वप्रथम भूतों से मेरे भय को दूर करने के लिए वे ही उत्तरदायी हैं। अभी जब दुनिया एक महामारी से जूझ रही थी, मेरे समर्थन का निरंतर स्रोत राका ही रही, जिसने न केवल अपने सुन्दर चित्रण से इस किताब की शोभा बढ़ाई है, बल्कि कहानियों के लेखन में भी सहायता की है। हम दोनों अपने परिवार के सदस्यों के समर्थन के लिए उनके आभारी हैं।

लेखकीय

उपमहाद्वीप के हर कोने में—उच्च हिमालय से लेकर कन्याकुमारी के तट तक, सुन्दरबन से लेकर धारावी की मलिन बस्तियों तक—भूत-प्रेत अपना अस्तित्व रखते हैं। इन कई वर्षों में भारत के भूतों पर शोध और अध्ययन करने के क्रम में मैंने पाया कि मेरी कुछ सबसे अच्छी स्रोत सामग्री विभिन्न आयु वर्गों और रुचियों के लोगों से ही प्राप्त हुई। हो सकता है कि उन्होंने स्वयं अपने जीवन में भूत-प्रेतों की दुनिया के रहवासियों का सामना किया हो या अपनी दादियों-नानियों से ये क़िस्से सुने हों। इस पुस्तक में वर्णित भूत-प्रेत देश में व्याप्त भूत-प्रेत का एक छोटा अंश ही हैं। यदि पाठक मेरे साथ भूतों की कोई कहानी साझा करना चाहते हैं, जिसका उन्होंने स्वयं व्यक्तिगत रूप से अनुभव किया है तो निम्नलिखित ईमेल पते पर मुझसे संपर्क कर सकते हैं : banerjeeriksundar@gmail.com

यदि वे कहानियाँ पुस्तक के आगामी किसी संस्करण में शामिल की जाएँगी तो कहानी के स्रोत को पूरा श्रेय दिया जाएगा और योगदानकर्ता को 'भारतीय भूतों की अजीब दास्ताँ' की एक प्रति प्रदान की जाएगी।

संदर्भ-ग्रंथ

पेपर्स ऑन एप्लाइड साइकी-एनालिसिस, चैप्टर 22, द अनकैनी, 1919।

अहार्टर, व्हिटमोर एडवर्ड, द *सुपरनैचुरल इन मॉडर्न इंग्लिश फिक्शन,* न्यूयॉर्क एंड लंदन: जी.पी. पुटमैन्स संस, 1917।

एंडरसन, लॉरी हाल्स, *विंटरगर्ल्स,* न्यूयॉर्क: पेंगुइन बुक्स, 2009।

ब्लैंको, मारिया डेल पिलर एंड पीरेन, एस्तेर (सं.), द *स्पेक्ट्रलिटीज रीडर: घोस्ट्स एंड हंटिंग इन कंटेम्पररी कल्चरल थ्योरी,* लंदन: ब्लूम्सबरी, 2013।

कैवेंडिश, रिचर्ड, द *पॉवर्स ऑफ़ एविल इन वेस्टर्न रिलिजन, मैजिक एंड फोक विलीफ,* लंदन: रूटलेज एंड केगन पॉल, 8 वॉल्यूम, 1975।

चैटमैन, सीमोर (सं.), *लिटरेरी स्टाइल: ए सिम्पोजियम,* लंदन एंड न्यूयॉर्क: ऑक्सफोर्ड यूनिवर्सिटी प्रेस, 1971।

स्टोरी एंड डिस्कोर्स : नैरेटिव स्ट्रक्चर इन फ़िक्शन एंड फ़िल्म, इथाका एंड लंदन: कॉर्नेल यूनिवर्सिटी प्रेस, 1978।

क्रुक, विलियम, द *पॉपुलर रिलिजन एंड फोकलोर ऑफ़ नॉर्दर्न इंडिया*, वॉल्यूम 1, (मूल रूप से 1986 में प्रकाशित)।

फोस्टर, ई.एम., *एस्पेक्ट्स ऑफ़ द नॉवेल*, न्यूयॉर्क एंड लंदन: हार्कोर्ट ब्रेस जोवानोविच, 1974।

फ्रायड, सिगमंड, *कलेक्टेड पेपर्स*, वॉल्यूम 4, लंदन: द हॉगर्थ प्रेस एंड द इंस्टीट्यूट ऑफ़ साइको-एनालिसिस, 1925।

जेनेट, जेरार्ड, *नैरेटिव डिस्कोर्स*, जेन ई. लेविन द्वारा अनुवादित, न्यूयॉर्क: कॉर्नेल यूनिवर्सिटी प्रेस, 1980।

गुइली, रोज़मेरी एलेन, द *इनसाइक्लोपीडिया ऑफ़ घोस्ट्स एंड स्पिरिट्स*, चेकमार्क बुक्स, 2007।

हारलैंड, रिचर्ड, *सुपर स्ट्रक्चरलिज़म: द फिलॉसफी ऑफ़ स्ट्रक्चरलिज़म एंड पोस्ट-स्ट्रक्चरलिज़म*, लंदन: मेथुएन, 1987।

होमर, द *इलियड*, लंदन: पेंगुइन बुक्स, 1950।

माइक, बाल, *नैरेटोलॉजी: इंट्रोडक्शन टू द थ्योरी ऑफ़ नैरेटिव*, टोरंटो: यूनिवर्सिटी ऑफ़ टोरंटो प्रेस, 1989।

मिल, जे.एस., *सिस्टम ऑफ़ लॉजिक*, न्यूयॉर्क: हार्पर एंड ब्रदर्स, 1843।

मुबारकी, मेराज अहमद, *फ़िल्मिंग हॉरर हिन्दी सिनेमा : घोस्ट एंड आइडियोलॉजी*, कोलकाता: सेज, 2016।

नोएल, कैरोल, द *फिलॉसफी ऑफ़ हॉरर ऑर पैराडॉक्सेस ऑफ़ द हार्ट*, लंदन: रूटलेज, 1990।

पॉल, ब्रंटन, *सीक्रेट ऑफ़ एंशिएंट इजिप्ट*, यूके: एरो बुक्स, 1965।

पेनज़ोल्ड, पीटर, द *सुपरनैचुरल इन फ़िक्शन*, पार्ट 1, लंदन: पीटर नेविल, 1952।

रिमोन-केनन, शलोमिथ, *नैरेटिव फ़िक्शन : कंटेम्परेरी पोएटिक्स*, लंदन:

रूटलेज, 1996।

स्कारबोरो, डोरोथी, द *सुपरनैचुरल इन मॉडर्न इंग्लिश फ़िक्शन*, न्यूयॉर्क एंड लंदन: जीपी पुटमैन्स संस, 1917।

सेन, सुकुमार, *गोल्पेर भूत*, कोलकाता: आनन्द पब्लिशर्स, 2005 (तीसरा पुनर्मुद्रण)।

टूलन, माइकल जे. (सं.), द *स्टाइलिस्टिक्स ऑफ़ फिक्शन : ए लिटरेरी-लिंग्विस्टिक अप्रोच*, लंदन एंड न्यूयॉर्क: रूटलेज, 1990।

व्हिटमोर, चार्ल्स एडवर्ड, द *सुपरनैचुरल इन ट्रेजेडी*, कैम्ब्रिज: हार्वर्ड यूनिवर्सिटी प्रेस, 1915।

अगर यह किताब आपके हाथ में है
तो आप पहला भाग पढ़ चुके होंगे।
नहीं! तो ज़रूर पढ़ें।